Einaudi. Stile Libero Big

Dello stesso autore nel catalogo Einaudi

*Se la vita che salvi è la tua*

Fabio Geda

# Anime scalze

Einaudi

www.einaudi.it

ISBN 978-88-06-22924-5

Anime scalze

*A Elisa e Riccardo.*
*Sorella, fratello.*

# Uno

Quella mattina, ricordo, nel parcheggio del centro commerciale, scendendo dal furgone, afferrando il fucile dal sedile posteriore, ho guardato di sfuggita verso il bosco e mi sono accorto che il sole stava sorgendo sulla campagna come un livido. Era ottobre. Avevo quindici anni. Luca ha guardato nella mia stessa direzione e ha detto: Ho sonno, infilando la mano sotto il casco da football americano e grattandosi la guancia. Lo ha detto senza piagnucolare; di anni, Luca, ne aveva compiuti sei il giorno prima. Per un attimo ho pensato di dare un fucile anche a lui, perché sul sedile ce n'erano due, poi mi sono detto: No, meglio di no.

Seguimi.

Luca ha ubbidito.

Abbiamo attraversato il parcheggio di corsa, in direzione di uno dei capannoni; abbiamo raggiunto la scala esterna. L'ho trascinato su stringendogli la mano per evitare che scivolasse, ma con l'altra dovevo sia aggrapparmi al mancorrente sia tenere il fucile. Ho sentito le sirene della polizia e le auto inchiodare davanti al cancello. Non ho sentito gli agenti scendere e rovistare nel furgone, attivare l'impianto di amplificazione della volante, quello no; ma ho sentito il mio nome quando l'hanno urlato.

Ercole, ha detto una voce metallica distorta dagli altoparlanti, Ercole vieni fuori e non fare sciocchezze. Dal tono si capiva che il poliziotto si stava sforzando di essere educato e che in realtà avrebbe voluto dire: Ercole, Ercole vieni fuori e non fare cazzate, ma non poteva, forse perché insieme a lui c'era della gente che si sarebbe lamentata se lo avesse sentito usare quella parola, tipo una persona di buon cuore o chessò io. Cosí ha ripetuto: Ercole, accidenti, lo sappiamo che sei lí dentro. Posa il fucile e vieni fuori.

*Tsz*, ho pensato, anzitutto non sono dentro, ma sopra, sul tetto; e poi che roba i poliziotti, a volte fanno tanto i gradassi – come la sera che hanno arrestato mio padre – e altre si cagano addosso per una persona di buon cuore. A me invece mica mi fanno paura le persone di buon cuore. Macché. Me non mi avranno mai.

Ercole, ha urlato il poliziotto, *cazzo*, mi hai sentito?

A proposito, io mi chiamo Ercole.

# Due

> Non puoi uccidere il tempo col cuore. Tutto richiede tempo. Le api si devono muovere rapidissime per restare immobili.
>
> DAVID FOSTER WALLACE

Da quel giorno, il giorno in cui sono salito sul tetto con Luca, sono passati quattro anni, e di acqua sotto i ponti ne ho vista scorrere parecchia, specie sotto quello tra piazza Vittorio e la Gran Madre – e alla fine ci arriviamo; ma prima devo dirvi un altro paio di cose perché possiate farvi un quadro esatto della faccenda e capire come sono finito lassú.

Anzitutto sono nato. A Torino, in borgata Cenisia. Mamma raccontava sempre che appena mi ha visto, in sala parto, ha pensato che assomigliavo a Yoda, solo con piú capelli, ma che poi, per fortuna, sono migliorato e avrei potuto essere il figlio di Enrique Iglesias. Non ho mai visto un sacco di cose e di posti, tipo l'aurora boreale, l'ammaraggio di un aereo, Gué Pequeno e Marracash cantare dal vivo, le piattaforme petrolifere, le tempeste di fulmini sopra la foce del fiume Catatumbo e la maggior parte delle città del mondo; ma sono stato a Milano e a Boves in gita scolastica, e a Pietra Ligure al mare.

Mia nonna vendeva il pesce a Porta Palazzo e a mio nonno piacevano i combattimenti tra cani quanto la grappa al basilico: ricordo un periodo in cui parlava in continuazione di un rottweiler di nome Tomba, come Alberto, lo sciatore degli anni Novanta; non ho mai capito se era un riferimento a lui o cosa – non credo abbia mai sciato, mio nonno. Mia nonna è morta ai mercati generali, investita da un transpallet elettrico: le volevo bene perché è stata lei a insegnarmi a disegnare e anche se l'ho vista che era già nella bara e le mancava mezza faccia mi hanno permesso di infilarle un Pokémon tra le mani – Squirtle, per essere precisi. Cos'altro? Be', mio nonno di tanto in tanto mi toccava il pisello. Ma no, non *in quel modo* – avete capito. Era piú una cosa tecnica, da meccanico, come per assicurarsi che ci fosse. Non so che fine ha fatto, mio nonno. Da quando mamma se n'è andata non l'ho piú visto.

A quindici anni, l'estate in cui tutto è esploso, in cui sono scappato con Luca eccetera, ero alto un metro e settantasei; e se state cercando di immaginarmi quello che posso dire è che ho ereditato le orecchie piccole e le spalle tonde da mio padre e gli occhi scuri e le ciglia lunghe da mia madre, con quell'espressione che, a detta di alcuni, sembra che sia sempre innamorato, o che stia guardando i fuochi d'artificio. Ma io mi sono innamorato solo una volta. E gli unici fuochi d'artificio che conosco sono quelli della notte del 24 giugno, quando a Torino si festeggia San Giovanni – e il mio compleanno.

Nell'autunno della prima elementare – quando avevo sei anni e mia sorella Asia undici – nonna, come ho detto, è morta investita da un transpallet elettrico; mamma è andata via un giorno qualsiasi, uno che, ricordo, il tempo non era neppure malconcio come dovrebbero essere i giorni in cui le madri se ne vanno, chessò, piovoso, o con il cielo che sembra la pelle d'un pesce; e nonno è uscito a parlare con il proprietario di Tomba, poco prima di cena, e non è piú tornato. È successo tutto nell'arco di una settimana. Papà se n'è accorto domenica. È rincasato a metà mattina dopo aver trascorso la notte fuori, ha aperto il frigo, ha preso il latte, l'ha annusato per controllare che non fosse andato a male, se n'è versato una tazza, ha cercato la scatola dei biscotti – ne era rimasto uno solo – si è seduto al tavolo della cucina, ha inzuppato l'unico biscotto bagnandosi le dita, quindi ha alzato lo sguardo, e a quel punto ha registrato la presenza mia e di Asia in piedi di fronte alla porta: io con Roxy sotto il braccio – l'orsacchiotto di pezza che prima di essere mio era stato di mia sorella e per questo lei aveva impedito che gli cambiassi nome – e Asia con la maglietta nera con la scritta «Il meglio deve ancora venire». Si è guardato attorno e ha detto: Dove cazzo sono finiti tutti quanti?

Asia ha detto: Chi?

Il biscotto mollo s'è spezzato ed è caduto nella tazza.

Vostra madre? ha chiesto papà alzando un sopracciglio.

Se n'è andata? ha risposto Asia imitandolo.

Capitava spesso che loro due parlassero facendosi delle domande che non erano delle domande.

Dove?

Tu lo sai?

Papà ha ingoiato quel po' di biscotto che gli era rimasto sulle dita, se l'è leccate, si è alzato facendo strisciare la sedia con un rumore fastidiosissimo ed è andato in camera da letto. L'armadio era aperto e vuoto. Le grucce pendevano nude. Sul letto c'erano dei calzini spaiati, un reggiseno e una maglia che nonna le aveva portato da Porta Palazzo e che tutti dicevano non le donava, verde pistacchio, con una stampa a pappagalli ed elicotteri. Sul muro, l'impronta di un quadro che era stato rimosso. Papà è rimasto fermo e silenzioso a studiare l'armadio per un tempo infinito. Lo ricordo perché a me scappava la pipí, ma non volevo andare a farla perché a quel punto, a furia di vedere sparire la gente, avevo paura che uscito dal bagno non avrei trovato piú nessuno. Ha allungato un braccio per indicare quella desolazione e ha detto: Non ci posso credere, si è presa anche i miei vestiti.

Macché, ha detto Asia, sono lí, e ha fatto segno col mento di guardare sul fondo dell'armadio.

Papà ha girato attorno al letto, si è chinato e ha sollevato un paio di pantaloni mimetici e una camicia rosa con il colletto a punta, una doppia onda di brillantini ricamati sul taschino. Ha alzato gli occhi al soffitto e sbuffato per il sollievo. Meno male, ha detto.

Cosí siamo rimasti solo noi: io, Asia e papà. Il fatto certo è che ora a casa nostra c'era tanto di quello spazio da non saperci che fare. Abitavamo all'ultimo piano – quarto senza ascensore – di un palazzo costruito tipo cento anni fa per accogliere gli operai di una fabbrica vicina e le loro famiglie: una cucina, una camera, un bagno. Io e Asia fino a quel momento avevamo dormito in un ritaglio della stanza dei nostri genitori, dietro una parete di cartongesso in cui entrava giusto il letto a castello, mentre nonno e nonna, i nonni materni, finché c'erano stati, avevano dormito in cucina, sul divano letto arancione, che per aprirlo bisognava spostare il tavolo e le sedie contro la credenza.

L'appartamento era della vedova Rispoli, che noi avevamo sempre e solo chiamato: la vedova. Una persona di buon cuore, amica del parroco, don Lino. Ce l'aveva affittato dopo che ero nato io. Di case, la vedova, ne aveva tante da non sapere che farne e don Lino l'aveva convinta a tenere il prezzo basso, ma tanto basso che ci pagava a mala pena le spese. Il mondo è cosí se lo sai prendere dal verso giusto: pieno di persone generose. Per fare contenta la vedova bastava che, quando passava a ritirare l'affitto, trovasse noi bambini pronti ad accoglierla con un sorriso e un disegno, che i nonni scambiassero due parole davanti a una tazza di caffè, che papà le facesse il baciamano – sempre che non fosse sgattaiolato via – e che le dessimo l'occasione di arrossire di fronte ai ringraziamenti per la sua generosità, prima di farla tornare a casa con una busta pesante di monete che mettevamo da parte appositamente, come a dire che per pagarla eravamo costretti a rompere il salvadanaio.

Dopo che mamma e i nonni sono scomparsi ad accoglierla siamo rimasti io e Asia. Facevamo la doccia. Ci pettinavamo. Indossavamo le magliette pulite. E alla domanda: Come va, piccoli, vostro padre ce la fa a occuparsi di voi ora che è rimasto solo? rispondevamo con degli sguardi e dei racconti cosí commoventi da far guadagnare a papà un posto ogni volta piú alto nelle preghiere serali della vedova.

Per far passare la tristezza che ci aveva infradiciato da quando mamma era andata via, tristezza che io sentivo sulle spalle e sul collo, come stessi scavando un buco dentro me stesso e avessi quintali di macerie da portar fuori, e Asia nelle ginocchia e nelle gambe, tanto che per alcuni mesi non ha fatto altro che inciampare, ecco, per questa e per altre ragioni papà ha smontato la parete di cartongesso che divideva la camera da letto e ha detto che a quel punto la stanza era nostra, tutta; lui avrebbe dormito in cucina sul divano. Insomma, non era come avere indietro mamma e i nonni, ma era qualcosa su cui concentrarsi. Io e Asia abbiamo deciso che avremmo dormito insieme nel lettone e di lasciare il letto a castello a papà, caso mai avesse voluto, ogni tanto, prendersi una vacanza dalla cucina. Ricordo di aver pensato che ora potevamo invitare gli amici a passare la notte da noi, ma alla fine questa cosa non è mai successa. Non avevamo amici abbastanza amici da invitare senza che i genitori indagassero sulla nostra famiglia. E a quel punto la risposta era sempre la stessa, ossia che, se volevamo, potevamo andare noi a dormire da loro.

Ci siamo divisi le pareti. Asia ha preso quella dietro il letto matrimoniale e quella dell'armadio e le ha tappezzate di foto ritagliate dalle riviste di cucina: soufflé al cioccolato, ciotoline di pane con vellutata di ceci, cannelloni di melanzane, cavatelli ai fiori di zucca, anatra all'arancia, cassata siciliana, charlotte alle mele. All'epoca Asia sapeva già che da grande voleva fare la cuoca. Io invece ho preso la parete dietro il letto a castello e quella della finestra. E ho cominciato a disegnarci sopra i miei mostri.

Da piccolo ero convinto che i mostri si nascondessero nei muri; che s'infilassero nelle intercapedini tra i mattoni; che usassero le condutture come ascensori; e che bastasse una crepa nella parete o nel soffitto per permettere loro di entrare nelle case. E il fatto era che in camera nostra, e in generale ovunque, nell'appartamento, di crepe ce n'erano a decine. A volte li sentivo frusciare, i mostri, bisbigliare. Osservavo le crepe per paura che una sostanza nera, vischiosa, simile al bitume potesse spruzzare fuori da un momento all'altro e spiaccicarsi sul pavimento e coagularsi in un essere tentacolare con cento occhi e al posto della bocca una voragine senza denti. Perché i mostri nei muri non ti strappano la carne: i mostri nei muri ti succhiano come una caramella. Ti succhiano a morte.

Per questo li disegnavo. Per mostrare loro che sapevo com'erano fatti. Perché a scuola ci avevano detto che ciò che conosci non ti uccide. Li disegnavo direttamente sul muro in modo che i mostri vedessero i loro ritratti quando mi spiavano dalle crepe. Come a dire: so chi siete, so che ci siete, e se restate lí dentro a nessuno capiterà niente di male. Le notti in cui sentivo fortissima la nostalgia di mamma e non riuscivo a prendere sonno, quando cercavo di dipingermi la sua faccia nella testa e ciò che ne ricavavo era un ritratto fatto lanciando secchiate di vernice, ecco, quelle erano le notti in cui i mostri si rincorrevano nei muri facendo piú rumore. Allora rovistavo tra le lenzuola in cerca della mano di Asia, la stringevo, lei sospirava e diceva: Non pensarci, Ercole, non pensarci – senza che io avessi detto niente.

Di quegli anni avrei una valanga di cose da dire. C'è la storia della bici, quella che papà mi ha regalato per il mio undicesimo compleanno – quella è davvero una storia assurda. O quando in seconda media una professoressa ha visto me e un mio compagno scrivere sul muro della scuola con un gessetto: «Un vero maschio non si depila», e ci ha intimato di cancellarlo altrimenti ci avrebbe fatto sospendere. O quando ho buttato il diario in un bidone dell'immondizia perché l'insegnante di Scienze mi aveva messo una nota e a me dispiaceva mostrarla ad Asia, finché non mi sono reso conto che alla fine Asia l'avrebbe saputo comunque e in piú si sarebbe infuriata perché avrei avuto bisogno di un diario nuovo, cosí ho pregato tutta la notte che gli spazzini non passassero e la mattina, quando sono corso a controllare, il diario era ancora nel bidone, sotto un preservativo, un paio di scarpe e una buccia di banana. O di papà che ha cominciato a frequentare una donna che si truccava di blu e verde – e nonostante siano i miei colori preferiti posso assicurarvi che su di lei non stavano particolarmente bene – e del cartello che metteva fuori dalla porta quando non era sicuro del nostro orario di rientro e che diceva: «Andate via». O quando, per i diciott'anni, ho regalato ad Asia una collana fatta con i pezzi di vetro che avevo trovato al mare durante la gita a Pietra Ligure. O del disegno con cui ho vinto un concorso scolastico – il premio era una penna e una copia della dichiarazione dei diritti dell'uomo. E via dicendo. Potrei raccontarvi questo e molto altro, ma ora, ecco, sarebbe soltanto un modo per arrivare al giorno in cui mi sono innamorato.

È successo un pomeriggio di fine inverno, in prima superiore, a febbraio, otto mesi prima che finissi sul tetto di quel capannone insieme a Luca; un mercoledí in cui la luce, dopo essere passata tra le pieghe delle nuvole, arrivava a terra stropicciata, e a concentrarsi la si sentiva scricchiolare nel riprendere forma. Uno di quei pomeriggi in cui non avevo voglia di stare a casa e non avendo altro da fare ero salito su un autobus. Lo facevo. Ogni tanto lo faccio ancora. Salgo su un autobus a caso e mi lascio portare. Prendo posto accanto al finestrino. Guardo la città. Negozi balconi traffico. Osservo la gente. Mi capita di pensare a quanto sono diversi tra loro gli uomini, quanto sono complessi – e che quella, la complessità, la diversità, è l'unica cosa che davvero li accomuna.

L'autobus mi aveva portato attraverso il centro, oltre la Dora, in una zona in cui non ero mai stato. I fumi delle macchine stagnavano a mezz'aria prima di dissolversi, i cani abbaiavano tirando i guinzagli e le donne trasportavano le borse e i figli a volte allegre, a volte come fosse una condanna. A un semaforo un ragazzo vestito di nero ha fatto piroettare in aria delle torce e ha sputato fuoco dalla bocca, poi è scivolato tra le macchine con il cappello e quando è passato accanto al finestrino del pullman mi ha sorriso. È stato a quel punto che ho alzato lo sguardo e alle sue spalle, sotto gli alberi del viale, ho notato un chiosco di ferro e vetro – un fioraio. All'esterno c'era una donna anziana, con una spessa sciarpa di lana celeste attorno al collo; era china sul banco e stava componendo un mazzo per una cliente. Accanto alla fioraia c'era lei. Ho pensato dovesse avere la mia età. Non saprei dire cosa, di preciso, ha calamitato la mia attenzione: la massa di capelli rossi o la forma del viso o il giubbotto di pelle nera o tutto insieme – è sempre una questione di insieme. L'ho vista allungarsi per afferrare qualcosa, un contenitore appeso a un gancio, e mi è sembrato stesse per spiccare il volo; la cliente ha fatto una battuta, lei ha riso ed è venuta voglia di ridere anche a me; e credo di averlo fatto, contagiato, come con gli sbadigli; poi l'ho vista prendere delle forbici e tagliare il nastro con cui la fioraia stava decorando il mazzo e.

Siamo ripartiti.

Sono scattato in piedi. Ehi, ho gridato, ferma ferma devo scendere. Ma era tardi. L'autobus si è mescolato al traffico e ho visto il chiosco allontanarsi, *lei* sparire dietro un furgone con «La Regina della Bufala» scritto sulla fiancata. Una signora si è alzata per prepararsi a uscire e mi ha detto che la fermata era subito dietro l'angolo. Mi ha guardato di sottecchi. Dovevo avere una faccia strana perché ha chiesto: Tutto bene? Io ho annuito, sorridendo, ma nel frattempo saltellavo come se mi scappasse da pisciare e quando le porte si sono aperte sono saltato giú e sono corso via. All'incrocio, il chiosco è apparso sul lato opposto della strada: la fioraia stava svuotando un vaso e la cliente se n'era andata. *Lei* no. Seduta su uno sgabello di metallo di quelli alti, da bancone, chiacchierava con l'anziana mentre piegava dei fogli di carta colorata e li infilava dentro alcune buste. Ho atteso che scattasse il verde. Ho attraversato mentre il ragazzo vestito di nero iniziava a giocolare con le torce. Mi sono diretto verso il chiosco.

Ehilà, ha detto la vecchia fioraia quando mi ha visto. Aveva un sorriso da rospo e gli occhi celesti come la sciarpa, acquosi, dilatati dalle lenti degli occhiali.

*Lei* ha alzato lo sguardo dalle buste e mi ha osservato, ma non ha detto nulla. Io l'ho tenuta al margine del campo visivo. Ho risposto alla fioraia con un cenno del capo.

Ti serve qualcosa?

Sí.

...

...

Cosa? ha chiesto la fioraia.

Mi sono guardato attorno in cerca di una risposta. Un fiore, ho detto.

Oh! Allora sei finito nel posto giusto. Qui abbiamo un sacco di fiori.

*Lei* ha fatto una smorfia, come per soffocare una risata, e ha ripreso a piegare i fogli.

Ho fatto finta di niente. Ho chiesto: Quanto costa?

Un fiore?

Sí.

Dipende dal fiore, ha detto la fioraia, seria come fossi il piú importante dei clienti. A quale stavi pensando?

Quello, ho indicato alle sue spalle.

Quelli sono crisantemi.

Ho annuito come sapessi di cosa stava parlando.

Devi portarli al Monumentale?

Monumentale?

La fioraia ha fatto segno con gli occhi verso il muro, oltre la strada.

Il cimitero, ha detto la ragazza dai capelli rossi continuando a piegare.

Essendo stata lei a rivolgermi la parola, a quel punto l'ho guardata; le ho raggiunto gli occhi un po' per volta arrampicandomi su per il suo giubbotto, la cerniera, il collo del maglione verde. Mento labbra naso. Lentiggini. Occhi. Marroni. I capelli. Rossi. Esplosione. Era magnifica. Mi è mancato il fiato. Ma anche senza fiato mi sono sentito parlare. Mi sono sentito dire che oh sí certo, sepolta nel cimitero avevo una zia, una zia che in famiglia stava antipatica a tutti perché... perché aveva lasciato i soldi in eredità a una setta religiosa, o una cosa cosí, e per questo nessuno curava la sua tomba, e a me, insomma, sembrava una cosa da vigliacchi rivalersi su di un morto, che nessuno si prendesse cura dei suoi resti solo per il fatto che aveva lasciato i soldi a qualcun altro, e quindi volevo sapere, esatto, quanto costavano i fiori, quelli, i crisantemi, per la zia, non ne avevo mai comprati, io, di crisantemi. O di fiori. In generale.

La fioraia mi ha ascoltato con attenzione, poi ha elencato i prezzi snocciolando quantità e composizioni e altri dettagli che non ho capito; finché a un certo punto dev'essersi accorta di qualcosa, perché si è interrotta, ha seguito il mio sguardo, e agganciandosi a ciò che aveva catturato il mio interesse ha detto a *Viola* – l'ha chiamata per nome – di mostrarmeli lei, i fiori, per favore, cosí poteva dedicarsi a mettere ordine negli scontrini. Viola ha smesso di lavorare sulle buste e come fosse normale vendere dei fiori da cimitero a un coetaneo ha ripreso da dove l'anziana si era interrotta. Mi ha mostrato le gerbere, i gigli e altra roba vegetale cui non ho fatto caso perché ero troppo concentrato sulla sua voce leggermente rauca. Pronunciava le *s* in un modo strano che mi faceva venire i brividi. Avrei voluto che parlasse sussurrandomi in un orecchio. Avrei voluto che mi parlasse per sempre.

Quando due ore dopo sono entrato in casa, Asia era seduta in cucina a fare dei conti su un foglietto. Ha sorseggiato il tè dalla tazza e mi ha chiesto: Che hai?

Ho appoggiato la schiena alla porta: Perché?

Sembra che hai visto volare un chihuahua.

Mi sono stretto nelle spalle, ho sospirato.

Asia ha posato la tazza e allungato le gambe sotto il tavolo: Sputa il rospo.

A che età ti sei innamorata per la prima volta?

Alle elementari.

No, non intendo quello. Dico *per davvero*.

Ci si innamora sempre *per davvero*. O sei innamorato o non sei innamorato.

Asia, da alcuni mesi, frequentava Andrea, il proprietario della trattoria dove lavorava; un trentenne biondiccio con la passione per il rugby e per il punk-rock che mi rifilava delle gran pacche sulle spalle. Dopo essersi diplomata all'alberghiero, Asia, un giorno, aveva notato appeso alla vetrina di una trattoria in zona Campidoglio, non lontano da casa, un cartello che diceva: «Cercasi cameriera part time». Si era presentata, aveva fatto il colloquio e l'avevano assunta. Lei era precisa e gentile, i clienti contenti di farsi servire da lei, e il padrone, Andrea, aveva preso a chiamarla di continuo per le sostituzioni o nei giorni in cui prevedeva di avere piú lavoro. Un pomeriggio che erano nei guai con la cucina Asia si era fatta avanti e aveva detto ad Andrea che se voleva poteva dare una mano anche lí. E dalla cucina non era piú uscita.

Andrea lo ami? ho chiesto.

Devo ancora capirlo. E tu?

No, io non credo di amarlo.

Asia ha fatto gli occhi strabici: Scemo, ha detto. Intendevo se ti sei mai innamorato.

Oggi.

Di chi?

Si chiama Viola.

Asia ha posato la penna e tirato indietro la schiena: E dove l'hai conosciuta?

Da un fioraio.

Che ci facevi da un fioraio?

Ho visto lei e sono andato a chiedere dei fiori.

Hai comprato dei fiori?

Non li ho comprati. Ho solo chiesto informazioni.

E allora?

Cosa?

Com'è?

Ho alzato gli occhi al soffitto in cerca delle parole e ho scorso mentalmente il vocabolario; dopo un'accurata selezione ho detto: Bellissima.

Descrivi.

Non saprei... capelli rossi, giubbotto di pelle nera. Lentiggini.

Vi siete parlati?

Mi ha detto delle cose su certi fiori. Ha una voce... mi fa venire la pelle d'oca.

Vi rivedrete?

Pensavo di andare di nuovo al chiosco. Domani. Mi puoi prestare dei soldi?

Per?

Per favore.

No. Per cosa. A cosa ti servono?

Per i fiori. Per la zia.

Quale zia?

Quella che ha lasciato l'eredità a una setta religiosa.

...

Lascia perdere, è una lunga storia, ho detto. Bastano dieci euro.

Senza aggiungere altro Asia si è alzata, ha cercato il portafoglio nella tasca del parka appeso all'attaccapanni, mi ha raggiunto – io non riuscivo a staccare la schiena dalla porta – mi ha dato la banconota e le nostre dita sono rimaste lí a contendersela per un tempo piú lungo del normale. Ho notato che Asia mi studiava come si studiano i posti familiari in cui si torna dopo un periodo di assenza. Mi scandagliava in cerca di differenze minuscole – di un prima e di un dopo. Poi mi ha abbracciato. Mi ha stretto a sé con una forza che non le conoscevo. Io prima mi sono irrigidito e ho lasciato che facesse, restando immobile, le braccia lungo i fianchi, ché ero in quella fase in cui non amavo essere abbracciato – soprattutto non amavo essere abbracciato dai miei familiari – e il contatto tra i corpi mi imbarazzava; poi però ho ceduto alla tenerezza e le ho cinto la vita. Odorava di patchouli, come mamma; l'unico segno del suo passaggio nella vita di Asia. Ho percepito i grani di legno della collana contro la guancia. Per un attimo mi sono sentito uomo e bambino allo stesso tempo. E ho pensato che anche se avessi trascorso il resto dei miei giorni con Viola – cosa che ero certo fosse scritta nel mio destino – Asia sarebbe rimasta comunque la persona piú importante della mia vita.

Il giorno dopo sono tornato al chiosco, ed ero ancora distante quando mi sono accorto che Viola non c'era. Non volevo usare i dieci euro senza vederla, cosí ho pensato che visto che la zia non esisteva non c'era fretta, e sono andato via prima che la vecchia fioraia si accorgesse di me. Lí mi sono reso conto che avevo dato per scontato che lavorasse al chiosco o chessò io, che avrei potuto ritrovarla in ogni momento. Invece no. Non sapevo neppure che relazione ci fosse tra lei e la vecchia. E se era lí per caso? Se era in attesa che andassero a prenderla? Magari abitava in un'altra città. Il giorno prima ci eravamo lasciati cosí, le informazioni sui gigli e sui crisantemi a galleggiare nell'aria – grazie, ora vado, ci penso e torno. Certo, avrei potuto chiedere alla padrona, ma cosa dovevo dirle: Senta, mi dica quando torna Viola che ho deciso di portare i fiori a mia zia solo se me li vende lei? Dirle secco che dei fiori non me ne fregava nulla e se per favore mi diceva come trovare Viola mi metteva agitazione. E se avessi scoperto dove andava a scuola, cosa avrei fatto? Sarei andato ad aspettarla all'uscita? No, era meglio incontrarla di nuovo lí, sperando che tornasse. Alla mente, come un cadavere da un lago, è affiorata la possibilità di non rivederla piú. *Mai piú.* Mi sono sentito morire. Ho deciso che sarei andato al chiosco ogni pomeriggio per una settimana e che alla fine dei sette giorni, se lei non fosse riapparsa, mi sarei fatto avanti con la fioraia.

Mi sono portato un bloc-notes su cui disegnare. Venerdí ho disegnato piccioni, foglie, una donna con stivali da pioggia, le macchine parcheggiate, una moto, le radici degli alberi, altri piccioni. Sabato una bambina con un ombrello, piccioni, bottiglie di vetro, i bidoni della raccolta differenziata, una panchina, una mano. Domenica gli alberi, i miei pensieri, un signore con il cappello e il bastone, piccioni, un cane, il vento che solleva le foglie. Lunedí il chiosco era chiuso e sono tornato a casa. Martedí ho disegnato i miei piedi, il chiosco, la fioraia, i crisantemi, un pullman, dei piccioni.

Finché il mercoledí successivo: Ehi, ho detto avvicinandomi.

Buongiorno, ha detto la fioraia.
Ehi, ha detto Viola. Quel giorno indossava un giubbotto di jeans imbottito, un maglione azzurro e un cappello di lana giallo zafferano da cui i capelli rossi fuggivano come fiamme.
Ho allungato i dieci euro: Crisantemi e gerbere, per favore. Per la tomba della zia.
Subito… Viola, passami le gerbere. La fioraia si è messa al lavoro e in meno di un minuto il mazzetto era pronto.
L'ho preso, l'ho guardato con attenzione. Era davvero bello. Persino sprecato per una tomba. Ma questo non l'ho detto. Invece ho detto: Posso chiedervi ancora una cosa?
Certo.
Ecco… io non sono pratico del cimitero.
È la prima volta che vai a trovarla, questa zia?
Sí.
Forse dovresti chiedere a qualcuno degli uffici. All'ingresso, sulla destra.
Forse potrei trovarla con l'intuito.
Anche, ha detto la vecchia fioraia, perché no?
Lei crede nella comunicazione tra il mondo dei vivi e quello dei morti?
La fioraia si è tolta gli occhiali e ha alitato sulle lenti: Io credo che la vita sia misteriosa.
Ho detto: I cimiteri mi mettono inquietudine.
Non sei il solo.
Forse potrei chiedere a Viola di accompagnarmi.
…
…
Questo le ha spiazzate. Entrambe. Si sono scambiate un'occhiata e dopo un silenzio che mi è sembrato durare secoli la fioraia ha detto: Non ho nulla in contrario, ma la decisione spetta a lei.

Prima di tutto devo dirvi che quando mi sono sentito pronunciare quella frase – *forse potrei chiedere a Viola di accompagnarmi* – quando la voce è uscita dalla bocca, rientrando attraverso le orecchie con il suo carico di scandalosa audacia – perché è cosí che mi ero sembrato: scandalosamente audace – be', ho pensato: *Accidenti*. Non avrei mai creduto di poter essere tanto coraggioso; mi ero sempre sentito inadeguato. All'epoca ero convinto che il modo migliore di vivere fosse fare finta di niente, rimanere immobile lasciando che il mondo si muovesse intorno a me, e che fossero gli altri a fare la prima mossa. Per dire: il mio sport preferito era la pallacanestro soprattutto perché potevo giocarci da solo ai campi di via Braccini, quando tutti se n'erano andati e non restavo altro che io, le mani, il cesto, la palla, il cemento; e attorno la città, intima, cosí com'è intima la sfida. Il suono del rimbalzo. Palla sul ferro. Palla sul tabellone. Ma quel giorno mi era tornata in mente una cosa che aveva detto Marcello, il padrone del *Caffè Barzagli*, ossia che spesso non facciamo domande non perché non vogliamo infastidire le persone a cui vorremmo rivolgerle, ma per paura delle risposte. Cosí ho pensato che se volevo avere una risposta dovevo fare una domanda. E ciò che mi ha lasciato di stucco è che Viola ha accettato. Ha detto sí con un leggero movimento del collo, un'increspatura delle labbra. La fioraia ha strofinato le lenti con uno straccetto, gli occhi enormi e liquidi ridotti alle dimensioni originali, e ha aggiunto solo: Vi concedo mezz'ora.

All'inizio io e Viola abbiamo camminato in silenzio. A lungo. Inciampando nell'imbarazzo e in frasi smozzicate, circondati dall'assenza del cimitero; un silenzio fatto di foglie e zampilli d'acqua, parole sussurrate. Gli addetti alla manutenzione tagliavano l'erba e ripulivano i sentieri, ma era come se non ci fossero. I visitatori si chinavano di fronte alle immagini dei parenti, le spolveravano con i fazzoletti o le maniche delle giacche, tracciavano croci sulla fronte e sul petto, leggeri, o facendosi strada nell'argilla. Statue di marmo e di granito. Una ragnatela tra le spine di una rosa.

È mia nonna, ha detto Viola osservando una Madonna che aveva le mani e gli occhi rivolti al cielo.

Ho risposto incredulo: Sei la nipote di Dio?

La fioraia.

L'avevo capito.

Vengo da lei ogni mercoledí pomeriggio.

Oh! Ecco.

Cosa?

Perché non ti ho piú visto. Gli altri giorni, intendo.

Passi spesso di qui?

Sí. Da mercoledí scorso.

Una bambina piccola ci è corsa di fianco, sparendo dietro una tomba di famiglia. Abbiamo sentito il padre chiamarla. Viola ha distolto lo sguardo e si è morsicata un labbro. Non capivo che tipo fosse. Sembrava introversa, ma al tempo stesso spavalda; dava l'impressione di poter conquistare il mondo, ma che non ritenesse necessario farlo. Ho pensato che era esattamente come me e, allo stesso tempo, completamente diversa: il punto di congiunzione di una circonferenza dopo aver completato un giro.

Ho chiesto: E perché vieni da lei il mercoledí?

Non saprei, è una vecchia abitudine. Da quando sono piccola il mercoledí è il giorno della nonna. Quando ha preso in gestione il chiosco ho cominciato ad aiutarla. Prima lavorava per una ditta di arredamenti. Adesso è in pensione, ed è vedova. A casa si annoia.

E tu vuoi fare la fioraia?

Macché. Però mi piace sapere i nomi delle piante. Come si chiama tua zia?

Non me lo ricordo.

Quindi stiamo cercando una tomba che non sai dov'è, di una donna di cui non ricordi il nome?

Quando la vedo la riconosco.

E come, se non l'hai mai vista?

Ho scrollato le spalle.

Oh, scordavo l'intuito, ha detto Viola.

...

...

Abbiamo ripreso a camminare. Le ho chiesto dove andava a scuola.

Classico. Gioberti. Tu?

Professionale. Plana. Dove abiti?

Dietro la Gran Madre.

Ho fatto partire un mezzo fischio: In collina? Mi piace la collina.

In realtà mi sento piú vicina al fiume. Ci faccio canottaggio. Hai mai provato?

Mai.

Ci vado da quando sono piccola, ha detto sorridendo in quel suo modo raggiante. L'aria si è riempita di brina. Non avevo mai provato niente di simile. Ho pensato che era una fortuna che mi fossi innamorato di una ragazza che mi faceva venire voglia di ridere. Viola ha detto: Lo adoro – intendendo il fiume. E adoro il canottaggio. Hai presente? Essere in acqua. La città attorno. Lo sciabordio.

Lo...?

Sciabordio. Il rumore dell'acqua quando sbatte contro la canoa. È come... non so, come essere cullati dal pianeta. Fai qualche sport?

Pallacanestro.

In una squadra?

Ai campetti. Quelli di via Braccini.

Viola ha arricciato il naso, non sapeva dove fossero.

Ho detto: In via Braccini c'è sempre un sacco di gente che gioca. Adulti. Filippini e cinesi. I filippini e i cinesi sono fortissimi.

E giochi con loro?

No, li guardo. Gioco quando liberano il campo. Preferisco giocare da solo. In fondo si tratta di infilare la palla nel canestro. Ho finto di scartare un avversario e ho tirato in sospensione. Ho esultato. Un giardiniere con un rastrello in mano ha borbottato che non eravamo allo stadio. Ho sollevato mezza mano per chiedere scusa e ho gettato uno sguardo a Viola: aveva una luce appesa agli angoli degli occhi. Ho messo a fuoco una tomba alle sue spalle: Eccola, ho detto.

Chi?

Mia zia.

Spalla contro spalla ci siamo accucciati a studiare una lapide scrostata su cui campeggiava la foto in bianco e nero di una vecchia signora: Mirella Ferrero.

Viola ha spazzato via con la mano foglie e petali secchi: Dice che è morta nel 1923.

Ho detto: È una lontana parente.

Molto lontana, ha commentato lei.

Abbiamo sistemato i fiori e siamo rimasti un po' in silenzio, raccolti. Mi sono chiesto quale fosse stata la vita di Mirella Ferrero. La tomba sembrava davvero abbandonata, come se nessuno se ne occupasse da anni; ma era anche una bella tomba, che raccontava storie di cappelli con le piume, servizi d'argenteria e cioccolate in via Po. Una voce di donna mi ha sussurrato nella testa che la vita è un attimo, che inizia e finisce, e che dobbiamo farci trasportare dal fiume assecondando la corrente, ma imponendo una direzione alla canoa. Ho pensato fossero dei pensieri particolarmente avventurosi per una vecchia signora d'inizio secolo. Ho approfittato per riflettere sulla prossima mossa e mi sono chiesto se forse non avrei dovuto iscrivermi a canottaggio con Viola. Oppure potevo invitarla a giocare a basket. Cambiare scuola? Avessi creduto in un dio, uno qualsiasi, mi sarei lanciato a pregare. Ma ha cominciato a piovigginare. Siamo tornati al chiosco. La nonna fioraia, quando ci ha visti, ha reciso una rosa cui aveva appena tolto le spine; ha detto che eravamo in ritardo di sei minuti e che stava per chiamare la polizia. Poi è scoppiata a ridere e le si sono appannati gli occhiali. Era ora di salutarci.

Ho detto: Senti…

Sí?

Grazie.

Di nulla.

Ehm… che dici se ci vediamo? Un giorno. Per… non so. O passo di qui…

Viola ha estratto il cellulare dalla tasca: Dammi il numero, ti faccio uno squillo.

Ho detto: Numero?

Sí.

Ecco… non ce l'ho.

Non ricordi il tuo numero?

Non ho il cellulare.

Non hai un cellulare?

Non ho neppure il telefono in casa. Insomma… però se mi scrivi il tuo ti chiamo io.

Viola mi ha guardato come se la stessi prendendo in giro; poi ha capito che ero serio e senza aggiungere altro ha preso uno dei biglietti da visita del chiosco e dalla parte bianca ha scritto il numero di cellulare e subito sotto: «Sei strano!» La stessa cosa che mi aveva detto Asia anni prima, una sera, dopo i fuochi d'artificio di San Giovanni. Ha iniziato a piovere forte. Ho infilato il biglietto nella tasca interna del giubbotto, perché non si bagnasse, ho urlato un saluto sia a Viola sia a sua nonna e sono corso a prendere il pullman. Correndo ho tenuto la mano sulla tasca, dalla parte del cuore. Ne sentivo il battito nonostante i vestiti.

A casa ho trovato il cartello «Andate via» affisso alla porta; cosí, bagnato fradicio, mi sono seduto sulle scale ad aspettare. Mi sono chiesto se fosse arrivato il momento di possedere un cellulare. Asia l'aveva comprato quando aveva cominciato a lavorare in trattoria, in modo tale da essere reperibile per le sostituzioni – ma mica potevo dare a Viola il numero di Asia. Prima eravamo soliti telefonare dal *Caffè Barzagli*. Il barista, Marcello, ci conosceva da sempre, da quando io e Asia eravamo piccoli, e spesso mi dava da fare qualcosa per guadagnare due soldi: togliere la merce dalle scatole e sistemarla sugli scaffali, o lavare i gabinetti. Chiacchieravamo dei posti della Terra in cui ci sarebbe piaciuto andare avessimo avuto la possibilità, l'Islanda, o la baia dei Porci. D'estate mi concedeva un conto aperto per i gelati. Aveva Darth Vader tatuato su un braccio, Luke Skywalker sull'altro, e sul cappuccino disegnava una foglia o un cuore a richiesta.

Ma tornando al telefono, a casa non l'avevamo mai avuto perché papà diceva che in tutta la sua vita, dal telefono, non erano arrivati altro che guai: Mai, diceva, mai che qualcuno abbia chiamato per darmi una buona notizia, solo per disturbare, insultarmi o ricordarmi di restituire dei soldi. E poi era convinto che fosse un modo per tenerci sotto controllo, punto su cui io e Asia eravamo sensibili quanto lui. Da parte mia, davanti ai compagni di classe facevo spallucce dicendo che non mi interessava avere un cellulare e che avevo letto che causavano il tumore al cervello. In fondo mi ero abituato a stare senza e non mi dispiaceva.

Ma adesso?

L'avessi avuto, ne ero certo, avrei già cominciato a scriverle chissà cosa; e invece dovevo aspettare di vederla. E insomma, ero immerso nel tentativo di immaginare un modo per comunicare con Viola quando la porta si è aperta e la donna di mio padre è uscita sul pianerottolo. Doveva aver trascorso parecchio tempo in bagno perché era dipinta di blu e di verde peggio del solito. *Mon petit*, ha detto, ma cosa fai qui fuori? Mi è passata accanto senza fermarsi, arruffandomi i capelli. Mi chiamava *mon petit*. Non so perché si atteggiasse a francese dato che era emiliana e c'aveva pure la zeppola.

Piove, ho risposto sperando di darle una cattiva notizia visto che il trucco le si sarebbe sciolto sulle guance trasformandola in un ritratto cubista. Ma lei, che si chiamava Angela, non si è scomposta e facendo finta di niente è scesa giú per le scale. Tuo padre è una bestia, ha detto concentrandosi sugli scalini. Poi si è voltata, mi ha guardato dal basso in alto attraverso il corrimano e con fare da pantera ha ripetuto: Una *bestia*.

Ti prego, ho guaito tappandomi gli occhi.

Angela è sparita. Papà è uscito a staccare il cartello «Andate via»; era in mutande, con addosso nient'altro che un maglione azzurro. Era disgustoso. Mi sono alzato e sono entrato in casa sfilandogli accanto. Ho appeso il giubbotto a una sedia e ho afferrato lo strofinaccio dei piatti per asciugarmi i capelli. Papà è arrivato da dietro, mi ha afferrato alla vita come per un placcaggio e siamo crollati insieme sul divano. Era allegro, rideva, diceva: Sono ancora piú forte di te, ragazzino, eh?

Ho detto: Lasciami andare, dài.

Ha finto di prendermi a pugni.

Ho sospirato e sono rimasto immobile in attesa che si stancasse. Il suo alito era acido.

Cristo, ha detto, sei divertente quanto uno scaldabagno. È andato al lavandino e ha afferrato una lattina aperta che aveva gettato nel lavello; si è spremuto in gola le ultime gocce come fosse un limone, ha ruttato e l'ha rifatta cadere. Il rubinetto perdeva, ma il rumore della goccia si mescolava agli scrosci di pioggia sul davanzale.

Sono rimasto a guardarlo sdraiato sul divano.

Che c'è? ha detto. Si è grattato una caviglia con il piede, dove la calza lo aveva depilato. Aveva la barba di quattro giorni e i capelli arruffati, la pelle porosa.

Ho detto: Hai mai pensato a un'altra vita?

In che senso?

Mi sono stretto nelle spalle, ho detto: Non so. *Diversa*. Un lavoro fisso. Una bella casa. Niente trucchetti per pagare le bollette.

Quali trucchetti?

Hai capito cosa intendo.

No, davvero, non capisco.

Ho alzato gli occhi al soffitto.

Perché dovrei pensare a un'altra vita, io me la…

Godo, ho detto anticipandolo.

Esatto.

È da quando sono piccolo che lo ripeti.

Mai abbastanza.

Ma non hai mai pensato, *mai*, neppure per un istante, che potresti godertela di piú, chessò, tipo in un altro modo?

Ha strizzato gli occhi quasi ci stesse davvero pensando – il che mi ha reso orgoglioso per alcuni secondi – poi ha detto: No.

Ho fatto ricadere la testa sul cuscino, sconsolato: Cosa volevi fare da piccolo?

Da piccolo?

Intendo, quand'eri piccolo, cosa volevi fare da grande?

L'antennista.

...

Mi piaceva salire sui tetti. Oppure il ladro. E ha fatto gli occhi da pazzo.

Qual era la tua materia preferita?

E qual è la tua materia preferita?

Geografia.

Mi ha guardato come se mi vedesse per la prima volta: Perché?

Vorrei viaggiare.

E perché?

A te non piacerebbe?

No. A me no, ha detto. Viaggiare? Già mi tocca farlo per lavoro, i trasporti e tutto.

Non intendo quel tipo di viaggio.

Qualunque tipo di viaggio *è* un viaggio.

Non mi hai ancora detto qual era la tua materia preferita.

Non ho mai avuto una materia preferita.

Non ci credo.

Ha sbuffato: Non saprei. Forse... Scienze.

Mi è venuto da sorridere.

Ha detto: Ti sembra buffo?

No, affatto. Solo che... Perché ti piaceva?

Avevo un buon insegnante.

Davvero? E chi era? Non me ne hai mai parlato.

Si è stretto nelle braccia come per difendersi da un vento improvviso: Sandro Marescalchi, ha detto. Ricordo che ci faceva fare gli esperimenti. Ci portava a cercare minerali.

Dove?

Non saprei... qui attorno. In collina. In Val di Susa.

Mi sono messo a sedere, ho puntellato i gomiti contro le ginocchia e ho appoggiato il mento sui pugni. Ero eccitato da quella rivelazione. Mio padre avrebbe potuto essere *uno scienziato*. Gli ho chiesto: E perché non hai continuato a studiare scienze?

Ha scosso le spalle: Non so, ha detto. Poi ha mosso le labbra per ripeterlo, ma non è uscito niente. Un velo di tristezza ha oscurato la luce che per un attimo gli si era accesa negli occhi. Uno scroscio di pioggia ha mitragliato la finestra della cucina e un lampo ha illuminato il davanzale: ho contato i secondi e al decimo è esploso il tuono. Le parole si sono finalmente affacciate alle labbra: Non lo so, ha detto di nuovo, come stesse lottando con i propri ricordi e cercasse di tenere loro la testa sott'acqua. Ha fatto un rumore strano con la bocca e ha pescato la lattina dal lavello per cercare di spremersi in gola un'ultima goccia. C'è stato un secondo lampo e io ho di nuovo contato il tempo che lo separava dal tuono: mettendo a confronto i due intervalli era possibile capire se il temporale si stava avvicinando o allontanando.

# Tre

– Si dice che se i lupi escono dai muri, è finita.
– Che cosa è finito?
– Tutto.

NEIL GAIMAN

Mio padre si chiama Pietro. Pietro Santià. Figlio di Ignazio e Serena De Luca, lui di Torino, lei di Salerno. Non li ho mai conosciuti. Sono morti entrambi prima che io nascessi. Ricordo che quand'ero piccolo, alle elementari o alle medie, se chiedevo a mio padre cosa facesse nella vita, per curiosità o perché mi serviva saperlo, lui rispondeva: Io me la godo, la vita. Ho anche provato a dirlo a scuola. Quando il discorso finiva sul mestiere dei genitori e c'era chi diceva macellaio, chi architetto, chi insegna, progetta, ha un negozio; o quando si chiacchierava in fila per la mensa e: Sapete che mio padre è tornato ieri da un viaggio di lavoro e mi ha portato un robot che si comanda con un polsino elettronico che s'infila nel polso cosí – *dimostrazione* – e basta che muovi la mano e lui cammina e frena e gira. Ecco, in quei casi, oltre a far notare che dove vuoi infilartelo un polsino se non nel polso – e proporre alcune alternative – dicevo: Mio padre si gode la vita.

La cosa faceva sempre un'*enorme* impressione.

La questione, però, è che a giudicare da mio padre sembrava che per godersi la vita bisognasse sgobbare. Stava fuori quasi tutte le notti. All'alba andava al mercato rionale ad aiutare a sistemare i banchi e in cambio gli davano la frutta tocca, la verdura macchiata, la confezione che perdeva. Faceva lavori di manutenzione quando chiudevano gli uffici. Spariva per giorni per trasportare della merce in giro per l'Italia e quanto tornava raccontava di incidenti in autostrada, di aver visto l'alba sorgere dietro il Gran Sasso o di una maga che gli aveva letto il futuro nei fondi del caffè. E se gli chiedevamo di raccontarci cosa avesse detto la maga, se erano in arrivo tempi migliori, lui rispondeva: Quali tempi migliori?

E io, ricordo, lo ascoltavo come si ascoltano i santi.

Detto questo, a prendersi cura di me è sempre stata Asia. Certo, papà portava a casa soldi e cibo, ma a gestirli, i soldi e il cibo, era Asia. Era lei che faceva da mangiare inventandosi ogni genere di mischione: insalate, frittate, zuppe; modi buoni per prendere ciò che c'era e cavarne qualcosa di commestibile. Era lei a occuparsi della casa, delle lavatrici, di ritirare il bucato e di stirarmi le magliette perché non sembrassi un pezzente. Diceva: È importante che non sembri un pezzente, se sembri un pezzente e gli insegnanti se ne accorgono finisce che chiamano gli assistenti sociali o peggio ancora le persone di buon cuore. Motivo per cui mi controllava i compiti e se servivano cose per la scuola, chessò, un quaderno o un evidenziatore fucsia o un compasso, faceva in modo di procurarsele, e ogni sera leggeva il mio diario, e se c'era da firmare un avviso falsificava la firma di papà.

In fondo, l'unico vero problema che io e Asia abbiamo mai avuto, quand'eravamo piccoli, erano gli agguati delle persone che cercavano di aiutarci; perché di fatto la nostra vita era cosí polverosa e irregolare che fare in modo che non se ne accorgesse nessuno era impossibile.

Un giorno, ad esempio, avrò avuto otto anni, hanno suonato alla porta. Ero solo in casa e Asia aveva detto che quando ero solo non dovevo aprire per nessun motivo; io avevo giurato baciando i mignoli – *che la puzza delle ascelle mi rivesta come una merda vestita a festa*. Ero in camera e stavo disegnando un mostro. Mi sono avvicinato alla porta in punta di piedi e visto che ero troppo basso per guardare attraverso lo spioncino e che a spostare la sedia rischiavo di fare rumore ho appoggiato l'orecchio per sentire se chi era dall'altra parte faceva dei suoni particolari. Ho pensato che non poteva essere la vedova, perché era passata la settimana prima, e mentre ero lí, la testa contro la porta, hanno bussato. Mi sono spaventato. Sono schizzato indietro e stavo per cacciare un urlo, ma sono riuscito a trattenerlo tappandomi la bocca con le mani. Il cuore batteva come un tamburo africano, di quelli di pelle di capra. A quel punto dovevo vedere chi era. *Dovevo*. Con un'apnea da pescatore di spugne ho raggiunto il tavolo, ho sollevato una sedia, sono tornato alla porta e ci sono salito sopra. Ho avvicinato l'occhio allo spioncino. La sedia ha scricchiolato come per spezzarsi. La lente ha restituito l'immagine circolare di un tizio in camicia a quadri e giacca beige, calvo, un'ombra di baffetti, che si guardava attorno in cerca di qualcosa. Non sembrava pericoloso, ma alle volte il pericolo sa camuffarsi niente male. Ha bussato ancora due volte e io sono rimasto a osservarlo finché non si è stufato e se n'è andato.

Quella sera l'ho detto ad Asia: Oggi è venuto un tizio.

Chi?

Non lo so.

Come sai che era un tizio e non una tizia. Hai aperto?

Ho guardato dallo spioncino.

Descrizione.

Camicia a quadri, giacca beige, niente capelli. Baffetti. Ha prima suonato e poi bussato.

Ha insistito?

No.

Bene cosí. Asia ha preso una zucchina da una cassetta piena, che non si capiva come potesse essere ancora cosí piena visto che da giorni non mangiavamo altro che zucchine, ne ha tagliato via un terzo, che stava marcendo, e ha cominciato ad affettarla a cubetti. Com'è andata a scuola?

Bene.

Bene come?

Molto.

Preso voti?

No.

Sicuro?

Sicuro.

Compiti?

Fatti.

Vedere.

Sono andato a prendere il quaderno di Storia e le ho mostrato quattro pagine di appunti sui fossili e il disegno del teschio di un tirannosauro.

Hai copiato tutto da internet?

Sí.

Bene.

Non avevamo internet a casa, ma quando mi serviva prendevo il vecchio portatile che una compagna di classe aveva passato ad Asia quando i genitori gliene avevano regalato uno nuovo, scendevo per strada e mi sedevo davanti alla vetrina del *Barzagli* che aveva il wi-fi gratis.

Hai visto papà, oggi? ha chiesto Asia.

Ho fatto segno di no.

Ieri?

Ho fatto segno di no.

Hai una macchia sulla fronte.

Mi sono cercato nel riflesso della finestra. Uno sbuffo nero. Ho leccato le dita e mentre le strofinavo mi è caduto lo sguardo in strada. Eccolo, ho detto.

Chi?

Papà.

Asia ha posato il coltello e la zucchina; si è avvicinata. Ho appoggiato la testa contro il vetro. Papà era in mezzo a un capannello di gente, tutti uomini, tutti piú o meno della sua età. In una mano teneva stretta una bottiglia di birra, mentre con l'altra gesticolava costruendo mondi e lanciando incantesimi; si capiva che stava raccontando qualcosa di divertente perché il capannello ogni venti, trenta secondi esplodeva in risate effervescenti. Io ho sorriso. Asia no. Asia ha i miei stessi occhi – gli stessi di mamma – ma le labbra le ha prese dal nonno: un taglio nel marmo. A me invece viene sempre da sorridere; perché non so, ho l'impressione che la vita, spesso, sembri il guardaroba di un clown, piena di colori improbabili e guantoni da boxe che schizzano fuori quando meno te lo aspetti. A volte mi capita di sorridere anche quando non dovrei e la gente pensa che la stia prendendo in giro. Ma non è vero. Come a scuola, che finisce sempre che i professori mi chiedono il diario o mi mandano dal preside. È solo che ho la tendenza a concentrarmi sul lato ironico delle cose. Asia mai. Lei se è allegra al massimo solleva gli zigomi d'un soffio, negli occhi un lumino da chiesa – e tant'è.

Papà ha detto qualcosa di molto buffo. Doveva essere cosí perché le pance e le spalle di tutti hanno cominciato a ballonzolare e c'era chi si tirava delle gran pacche sulle cosce e chi si reggeva la schiena, come per paura che si spezzasse. Era ubriaco. Lo si capiva dalle ginocchia sporgenti e dal culo in fuori, dai movimenti che facevano pensare a una barchetta di carta. Poi il tipo con un cappello azzurro alla sua sinistra gli ha dato una botta alla spalla, come a dire *ma quanto sei forte*. Papà non se l'aspettava. La bottiglia gli è scivolata di mano. È esplosa a terra.

In quel momento hanno suonato alla porta.

Papà ha iniziato a sbraitare – si vedeva che era arrabbiato – ha dato uno schiaffo in testa al tipo e gli ha fatto volare via il cappello.

Io e Asia ci siamo scambiati uno sguardo facendo finta di non aver sentito.

Hanno suonato di nuovo. E anche bussato.

Il tipo ha raccolto il cappello e ha mandato a cagare papà.

Hanno bussato ancora.

Asia ha sospirato, si è girata ed è andata alla porta. Lei, che aveva tredici anni, allo spioncino arrivava senza sedia, ma doveva comunque sollevarsi sulla punta dei piedi. Ha appoggiato le mani al legno e ha chiuso l'occhio sinistro. In strada la discussione si era allargata e ora berciavano tutti insieme. Asia ha fatto un passo indietro e ha chiuso gli occhi per concentrarsi. Ho guardato la crepa nel muro, accanto al citofono; all'interno si è mosso qualcosa. Asia mi si è avvicinata e mi ha sussurrato nell'orecchio: Camicia a quadri e giacca beige?

Ho fatto segno di sí.

Baffetti?

Ho fatto segno di sí.

Lei ha mosso le labbra per dire *cazzo*, ma non ha detto nulla.

Siamo tornati alla finestra. Adesso papà stava mandando a cagare tutti e tutti mandavano a cagare lui. Ha fatto per andarsene, ma camminando all'indietro è inciampato nel gradino del marciapiede ed è scivolato tra le macchine parcheggiate; si è rialzato facendo finta di nulla. Ha attraversato la strada aggiustandosi il giubbotto, senza guardare, e un motorino che aveva appena svoltato l'angolo ha dovuto inchiodare per non investirlo. La ruota posteriore ha slittato, il guidatore ha faticato a tenerlo. Papà si è spaventato, gli ha imprecato contro e si è diretto barcollando verso il portone d'ingresso del cortile.

Il campanello ha squillato di nuovo.

Asia ha sospirato. Mi ha preso per le spalle. Ha detto: Io penso al tipo. Tu pensa a papà.

Il tempo di aprire la porta e sono scivolato tra lo stipite e il tizio pelato tanto in fretta che quando quello se n'è accorto io avevo già fatto mezza rampa di scale. Mi sono scapicollato giú divorando i gradini, sono atterrato nell'androne e ho visto papà oltre il vetro smerigliato: una macchia colorata china a graffiare il nottolino con la chiave. Mi sono chiesto cosa fare. Ho pensato che se aprivo e non mi dava retta era finita: sarebbe salito su, dritto a casa. Mi sono guardato attorno e lo sguardo si è impigliato nella porta delle cantine. Le cantine della scala E, la nostra, erano collegate a quelle della scala F da un corridoio. Se entrambe le porte erano aperte avrei potuto raggiungere l'androne della scala F e uscire in cortile e sorprenderlo alle spalle. Ho schioccato le dita – che è una cosa che faccio ogni tanto quando ho una buona idea. Ma a quel punto ho realizzato che quindi sarei dovuto *scendere* in cantina. E avrei dovuto *attraversare* il corridoio. E non c'era nulla al mondo di cui avessi piú paura. Perché, per quanto ne sapevo, il corridoio tra le cantine, quel cunicolo gocciolante e male illuminato che puzzava di vino e umidità, era dove i mostri si radunavano per diffondersi nei muri del palazzo: la grande crepa – il posto piú pericoloso dell'universo.

Ho visto la porta allontanarsi risucchiata da un vortice.

La chiave di papà che grattava e lui che imprecava. Dovevo fare in fretta; non avrebbe sbagliato mira per sempre. Mi sono accostato alla porta sperando che fosse aperta, o forse che fosse chiusa, ho afferrato la maniglia, *fredda*, appiccicosa. La fronte si è coperta di sudore. Ho sentito il meccanismo cedere, la serratura scattare e l'odore di mosto e umidità sfiatare dal buio. Ho cercato l'interruttore a tentoni, con la punta delle dita. Quando l'ho trovato uno spasmo elettrico ha scosso il neon e una luce bianca ha rivelato i dieci gradini che portavano al corridoio. Ho trattenuto il respiro.

Ho pensato che l'unica era correre: muovermi lentamente avrebbe prolungato l'agonia e offerto ai mostri maggiori possibilità di catturarmi. Avessi avuto piú coraggio avrei urlato qualcosa di eroico, gli occhi spalancati a guardare in faccia il male; invece mi è uscito un gorgoglio da lavandino otturato e ho tenuto gli occhi schiusi quel tanto da non inciampare in una damigiana. Mi sono lanciato. Ho sceso le scale. Ho raggiunto il corridoio. L'ho infilato con la certezza di avere i tentacoli dei mostri a un millimetro dalla nuca; la lingua che fluttuava dalle bocche sdentate. Senza rallentare la corsa ho colpito con una manata il secondo interruttore e i gradini della scala che saliva all'interno F sono apparsi in fondo come un prodigio. Mi ci sono gettato emettendo un suono gutturale. Ho raggiunto la porta, ho girato la maniglia, e ho spinto con tale violenza che se fosse stata chiusa mi ci sarei spiaccicato come un piccione sulla finestra di un grattacielo. Ma per fortuna era aperta. Sono capitombolato nell'androne. Una signora stava ritirando la posta. Si è spaventata. Ha cacciato un urlo e bollette e volantini sono schizzati ovunque. Ho detto: Mi scusi, e sono uscito in cortile.

Papà era ancora lí curvo sulla chiave. Sforzandomi di

riprendere fiato mi sono appoggiato al muro e l'ho chiamato mentre con la mano destra mi stringevo la milza. Non mi ha sentito. L'ho chiamato di nuovo. Ha torto il collo senza sollevare la schiena. Ha impiegato alcuni istanti a mettermi a fuoco. Si è passato la lingua sui denti: Ma che cazzo, ha detto, devono aver cambiato la serratura.

Ho sussurrato: Vieni qui.

...

Papà.

Che vuoi?

Vieni qui.

Devo pisciare.

Ti accompagno.

A pisciare?

Conosco un posto.

Anch'io. Si chiama cesso. Ne ho uno in casa. E ha continuato a lavorare sul nottolino.

L'ho raggiunto e l'ho preso per mano.

Che vuoi? ha sbottato. Dove vuoi portarmi?

Da Beppe.

Beppe? Ma non è morto, Beppe?

*Acci*, ho pensato, ha ragione. Beppe, il proprietario del bar dove mio padre aveva trascorso la maggior parte della sua vita, era morto da poco. Ho detto: No, ti sbagli.

Ma se sono andato al funerale. Ha drizzato la schiena e piantato i piedi. Pensi che non sappia quali dei miei amici sono vivi e quali no?

L'alito gli puzzava di alcol e tabacco e aveva lo sguardo paludoso che gli veniva sempre in questi casi. Mi sono chiesto cosa stesse capitando su a casa; come se la stesse cavando Asia. Io dovevo portare via papà, evitare che il tizio pelato lo vedesse in quello stato. Andiamo, ho detto, muoviti.

Dove?

Te l'ho detto. Da Beppe.

Ma davvero Beppe non è morto?

Te lo giuro. Potrei scherzare su una cosa del genere?

Ma allora chi c'era nella bara?

L'ho trascinato via come si fa con i cammelli, ma era un problema, perché non potevo andare in giro per i marciapiedi facendomi vedere in sua compagnia: una signora di buon cuore poteva farsi carico del mio stato e chiamare la polizia o gli assistenti sociali per il preconcetto che un bambino di otto anni non è autorizzato ad andare in giro con il padre ubriaco. All'epoca era quella la mia paura piú grande: che le persone di buon cuore decidessero che non potevamo vivere con papà perché lui, ai loro occhi, era inadatto a occuparsi di noi. Ma io e Asia avevamo giurato che questo non sarebbe mai successo. Ce lo eravamo promessi baciandoci i mignoli – *che la puzza delle ascelle* eccetera. Nessuno ci avrebbe divisi. Non tanto perché Asia e io non fossimo in grado di vivere senza papà, ma perché papà non ce l'avrebbe mai fatta a vivere senza di noi. Chi si sarebbe occupato delle bollette? Chi avrebbe fatto felice la vedova? Chi gli avrebbe cantato *Anima fragile* dopo una sbornia triste per farlo piangere e risorgere? Chi gli avrebbe retto il gioco quando chiedeva i soldi per le medicine perché uno di noi era malato terminale e la gente insisteva per salire al nostro capezzale e noi dovevamo rantolare come fossimo in punto di morte? Chi avrebbe cucinato la ratatouille che tra tutti i mischioni era il suo preferito? Insomma, per quel vecchio bastardo sarebbe stata la fine. Già mamma se l'era svignata. Noi dovevamo esserci.

Cosí, non potendo farmi vedere in giro con lui sbronzo e biascicante l'ho condotto di cortile in viuzza per le strade meno frequentate. Sentivo la sua mano nella mia ed essere io e lui, insieme, in giro per il quartiere, con il sole che tramontava e tagliava tra i palazzi illuminando le polveri sottili, mi faceva sentire forte, come se avessi potuto affrontare qualsiasi cosa, ogni pericolo, ogni mostro, fino alla fine dei tempi. Dopo un'ora l'ho riportato a casa. Non sapevo piú dove andare e cosa fare e ho pensato che a quel punto Asia doveva essere riuscita a respingere il tizio pelato. E infatti quando siamo rientrati la tavola era apparecchiata e Asia aveva acceso le candele che le piacevano tanto e che rubava in chiesa. E c'era odore di ratatouille. Per tutta la cena papà non ha fatto altro che lamentarsi che lo avevo illuso che Beppe fosse vivo e che non sono cose da farsi, quelle; e tra un boccone e l'altro s'è messo a ricordare i tempi in cui con i suoi amici, poco piú che ragazzi, si incontravano al bar di Beppe a giocare a carte con i vecchi, e a parlare di politica e di donne; e che all'epoca il bar di Beppe era ancora frequentato da gente che a quindici anni aveva fatto la Resistenza o a diciotto il Sessantotto; e che era nel bar di Beppe che aveva incontrato mamma, che faceva la cameriera tre giorni a settimana.

Era uno splendore, ha detto sollevando lo sguardo come se fosse apparsa in quell'istante alle nostre spalle – e sia io sia Asia ci siamo voltati a controllare.

A noi piaceva che lui parlasse di mamma. Di quando le aveva chiesto di uscire e l'aveva portata a mangiare le patatine fritte dal lurido; del suo profumo di patchouli, l'unico che usava; dell'anello che avevano comprato a Porta Palazzo da una vecchia berbera, di argento vero ammaccato a mano, con le scritte incise tutt'attorno che a sentire la berbera avrebbero benedetto il loro amore per un milione di anni; del tatuaggio a forma di elettrocardiogramma che si erano fatti sul petto e che d'estate, quando si sdraiavano a prendere il sole spalla a spalla, andava dal cuore dell'uno a quello dell'altra. L'unica cosa cui non faceva mai riferimento era che mamma fosse andata via. Papà ne parlava al presente. Sempre. Come fosse uscita a comprare il latte.

Ma tornando a Viola. Ho aspettato due giorni prima di presentarmi all'uscita della scuola; due giorni mi sembrava un tempo giusto per non apparire assillante, ma nemmeno disinteressato. Alla fine avevo pensato di non chiamarla – non avrei saputo cosa dirle – e di farle una sorpresa facendomi trovare fuori dal Gioberti. Non sapendo a che ora usciva ho deciso di tagliare e intorno alle dieci mi sono appollaiato su un dissuasore di cemento davanti all'ingresso, dall'altra parte della strada, e ci sono rimasto fin quando ho sentito suonare la campanella.

Viola è uscita tra gli ultimi, persa nella confusione degli studenti, insieme a un gruppo di compagni; parlavano, ridevano. Faceva molto freddo, ricordo, era perfetto se la invitavo a prendere una cioccolata al *Barzagli*, il solo posto al mondo in cui mi facevano credito; e poi ero sicuro che Marcello mi avrebbe fatto fare bella figura. Sono rimasto accanto ai motorini, ho affondato le mani nelle tasche nel tentativo di assumere un'espressione di non appartenenza alla scena, come fossi capitato lí per caso, e ho atteso che fosse lei a sollevare lo sguardo e a vedermi. *Guardami. Guardami. Guardami.* Ma nulla. L'ho chiamata che stavo per perderla di vista. Le amiche si sono girate in sincrono e mi hanno studiato come prima di una perquisizione, i compagni come cecchini; non so perché non mi abbiano frugato addosso o appeso a un albero per le caviglie; forse perché Viola mi ha sorriso allegra e stupita, ha detto: Ehi, che ci fai qui?, e mi ha presentato a tutti come niente fosse – e dalle battute ho capito che aveva già parlato di me. Ero orgoglioso di essermi fatto la doccia prima di uscire. Mi ero anche tagliato le unghie e avevo indossato la maglia meno sciupata che c'era nell'armadio.

Cosí tu saresti quello del cimitero, ha detto una compagna.

Vabbe', ha riso un ragazzo che indossava un paio di occhiali arancioni, ma ti pare che devi chiamarlo *quello del cimitero*?

Ho detto: In effetti potremmo provare con *quello del Monumentale*, suona meglio.

Oh, occhiali arancioni ha raccolto lo zaino da terra, è arrivata mia madre, devo andare.

Ricordati i soldi, ha urlato Viola mentre si allontanava.

Lui ha alzato una mano e mostrato il pollice.

Mentre i compagni sparivano risucchiati dai portoni e dalle macchine dei genitori, Viola ha detto che stava accompagnando la sua amica Leila – come la principessa – a cambiare un costume da pattinaggio artistico. Ho risposto che se non era un problema mi univo volentieri: ero sempre stato incuriosito dai costumi da pattinaggio. Nel tragitto abbiamo parlato dei figli di David Beckham, di una pattinatrice che non avevo mai sentito nominare, e della distanza dei pianeti dal Sole, che in ordine, dal piú vicino al piú lontano, sono Mercurio, Venere, Terra, Marte, Giove, Saturno, Urano e Nettuno – è stata la principessa Leila a dirlo; e del fatto che Plutone, in realtà, non è un pianeta, ma un pianeta nano. Raggiunto un minuscolo negozio di articoli sportivi abbiamo cambiato il costume da pattinaggio – che da azzurro S è diventato blu M – e dopo essere passati in una libreria sotto i portici a chiedere se era arrivato un libro ordinato dal padre di Viola abbiamo salutato Leila all'altezza dei Murazzi. La principessa si è infilata le cuffie e io e Viola siamo rimasti fermi a vederla allontanarsi mentre intanto, a testa bassa, lavorava sul cellulare per scegliere la musica. Era una bella giornata, luminosa e tersa, e il vento scendeva dalle montagne profumato di neve. Per quanto mi riguarda sarei anche rimasto lí per sempre, con Viola accanto, le colline davanti e il borbottare del fiume nelle orecchie; ma avevo i piedi ghiacciati a causa delle scarpe da ginnastica, le stesse che portavo d'estate, quelle che porto in ogni stagione, e Viola le guance arrossate e il naso umido. Cosí, quando lei si è sistemata la sciarpa intorno alla gola ne ho approfittato per proporre la cioccolata.

E dov'è che si trova questo *Barzagli*?

In corso Racconigi.

E ci si arriva?

Be', da qui abbiamo un paio di pullman buoni.

Viola ha serrato le labbra per concentrarsi, si è guardata attorno e ha detto: Senti, ma perché invece non andiamo a casa mia? È qui dietro, e ha indicato la Gran Madre. Cinque minuti e la cioccolata te la faccio io.

Artigianale fatta in casa?

Artigianale fatta in casa. Ricetta della nonna.

La fioraia?

Te la faccio ai *gladioli*. Mi ha preso sottobraccio: Mai assaggiato la cioccolata ai gladioli? Ho sentito il suo corpo contro il mio per la prima volta e ho pensato che la felicità era fatta di cose come quella, cose come essere presi sottobraccio dalla persona che ami. Abbiamo attraversato il ponte. Il Po era gonfio per le piogge dell'ultimo periodo e l'acqua trasportava rami e foglie: la natura svolgeva il proprio ruolo.

Casa di Viola aveva sei stanze: una cucina vera, che faceva *solo* da cucina, una sala con il soffitto alto dove c'era la televisione, lo stereo e un pianoforte a muro, lo studio usato dai genitori – lei radiologa, lui architetto – e tre camere da letto, quella dei genitori, quella di Viola e quella dei fratelli – entrambi maschi e, in quel momento, entrambi all'estero. Un balcone era verandato e ci si poteva mangiare. Due bagni. In sala, appese alle pareti, facevano mostra di sé locandine originali di concerti rock degli anni Settanta e Ottanta: Jimi Hendrix, gli Area, i Pink Floyd.

Fondente? ha urlato Viola dalla cucina.

Sí, ho risposto. L'ho raggiunta sfiorando il muro irregolare del corridoio con la punta delle dita. Ma a quei concerti i tuoi ci sono stati davvero?

Già.

La cucina era piastrellata di bianco, le pentole luccicanti appese a vista. C'erano mensole zeppe di vasetti di spezie e di semi con le etichette scritte a mano, sacchetti di frutta secca. Tu cosa ascolti?

Dipende, ha detto Viola. Un sacco di roba.

Da cosa dipende?

Da come mi sento. Tanto per dire, se sono malinconica ascolto Björk. Oppure i Sigur Rós. Quando fa molto caldo mi piace la musica sudamericana. Mia madre ha ogni disco in cui Caetano Veloso sia anche solo apparso venti secondi suonando il kazoo. Se sono in fase notturna avventurosa…

Notturna avventurosa?

Hai presente quando vorresti essere su un'auto, di notte, e correre lungo la tangenziale, le luci nelle case, i lampioni nei cortili dei capannoni, gli svincoli e le insegne stradali. Andare senza sapere dove. Ecco, io quando mi sento cosí, ad esempio, metto su roba tipo i Mumford.

Non sapevo di chi stesse parlando e lei lo ha intuito. Mumford & Sons. *The Cave*. *The Cave* non è possibile che tu non l'abbia mai sentita. Me li ha fatti scoprire mio fratello. Però capita anche il momento Justin Timberlake. O Daft Punk. Tu invece?

Io? Io non ne capisco tanto di musica. A mio padre piacciono i cantautori italiani. Me li ha fatti sentire quand'ero piccolo. Aveva un cd. Poi però non l'ho piú visto in casa. Il cd, intendo. Non so che fine abbia fatto. Per lo piú ascolto la radio. Quello che capita.

Uh! Viola ha fatto una smorfia e ha portato la mano al cuore.

Non va bene?

È che la radio passa le cose che piacciono a *tutti*.

E quindi?

E quindi la programmazione è appiattita. Le hit dell'estate. Quella roba lí.

Non tutte le radio, ho protestato.

Dimmene una. Che radio ascolti?

Non saprei.

Non sai che radio ascolti?

Be', quella che abbiamo a casa vive di vita propria. Prende quello che decide lei.

Viola ha spento il fuoco sotto la cioccolata, l'ha insaporita con la cannella e ha mescolato con la frusta. Ha riempito due tazze fino all'orlo e ci ha sbriciolato sopra un biscotto. Non ha schizzato da nessuna parte – cosa che mi ha piuttosto impressionato. Ha posato le tazze su un vassoio e mi ha fatto cenno di seguirla.

Ho detto: Devo farti conoscere mia sorella.

Hai una sorella?

Asia. Anche a lei piace cucinare.

Viola è scoppiata a ridere: Be', non è che mi piaccia cucinare. Anzi. È che sono golosa. So mettere mano ai fornelli se c'è di mezzo del cioccolato. Ecco tutto.

Mi ha fatto strada verso camera sua. Ha spinto la porta con il sedere. Le pareti erano azzurre e sobrie; niente poster, niente adesivi o scarabocchi: solo un quadro enorme sopra il letto, un quadro *vero*, fatto a mano da qualcuno. Libri sulle mensole, piú di quanti ne avessi mai visti. Piú di quanti ne avevo visti nello studio di don Lino, una volta che c'ero entrato. Foto di famiglia. Foto del canottaggio. Da un anello nel soffitto davanti alla finestra pendeva una corda cui erano legati piccoli oggetti di vetro che distribuivano barbagli di luce. Ha appoggiato il vassoio sul comodino e abbiamo preso una tazza a testa. Io mi sono seduto su una poltrona sacco, lei sul letto.

Dimmi qualcos'altro sulla tua famiglia, ha detto sorseggiando. Per ora le uniche cose che so è che avevi una zia che ha lasciato la sua eredità a una setta religiosa e che hai una sorella cui piace cucinare e che ha un nome bellissimo.

Ti piace Asia?

Tantissimo. Mi piace l'Asia, in generale. Mi piacerebbe andare in Cambogia.

Perché in Cambogia?

C'è un tempio. Il piú grande edificio religioso del mondo. Si chiama Angkor Wat. Ce ne ha parlato un archeologo che è venuto a scuola. Un posto incredibile. Te lo faccio vedere?

Sí.

Ha lavorato sul cellulare e me lo ha passato. Sullo schermo c'era la foto di un bosco con al centro una cittadella circondata da una cornice di acqua. Viola ha detto di scrollare e una dopo l'altra sono apparse immagini di alberi incastrati dentro i templi, e scimmie e ruderi e statue. Ho detto *uau* ed era un *uau* sincero. Ho annuito: È davvero un posto pazzesco. Le ho restituito il cellulare. Io invece vorrei andare in Venezuela, a vedere le tempeste di fulmini alla foce del fiume Catatumbo.

Tempeste di fulmini?

Già. È una cosa che succede solo lí. L'ho vista in televisione.

Dev'essere spaventoso.

Abbastanza, ho detto. Ho alzato gli occhi verso il quadro alle spalle di Viola. Era astratto, ma si riconoscevano i contorni di una metropoli. Grattacieli e chiese. E in cielo, forse, dei dirigibili. In certi punti il colore aveva formato dei grumi spessi un dito.

Viola mi ha chiesto: Tua sorella è piú grande o piú piccola?

Piú grande. Di cinque anni.

Io ho due fratelli. Michele ha tre anni in piú di me e sta facendo sei mesi negli Stati Uniti. Lo hanno mandato in un paesino del Texas dove credo abitino solo lui, la famiglia che lo ospita e qualche migliaio di mucche. Anch'io voglio fare sei mesi all'estero il prossimo anno. Edo invece ha vent'anni e studia Lingue a Berlino.

Sono dirigibili quelli?

Viola ha storto il collo per guardare il quadro: Sí. E sotto, quella bambina che sembra contagiata dall'ebola, sarei io.

Chi lo ha fatto?

Mio zio.

Anche a me piace disegnare.

Cosa disegni?

Quello che capita. Cose di tutti i giorni. Da piccolo disegnavo mostri.

Abbiamo sentito la porta d'ingresso aprirsi e un rumore di chiavi. Una voce ha chiamato Viola. Lei è scattata in piedi e io l'ho seguita nel corridoio. Nell'ingresso c'era una donna con i suoi stessi capelli rossi, ma piú corti. Era alta e indossava un cappotto nero con degli enormi fiori gialli. Ci ha visti e ha sorriso. Anche il sorriso era simile a quello di Viola.

Mamma, Ercole. Ercole, mia madre.

Ercole, ha ripetuto lei seria, dandomi la mano, io sono Enrica.

Piacere, ho detto.

Viola, tre minuti e dobbiamo essere in macchina.

Per andare?

Dal dentista.

Oh! Viola ha messo su un'aria sofferente. Me l'ero scordato.

Io pure, ha detto sua madre. E infatti siamo in ritardo.

Ho detto: Vabbe', io allora vado.

Mi spiace, ha fatto Viola.

Ci vediamo?

Quando? Continuerai ad apparire magicamente o troveremo un modo per comunicare?

Domani pomeriggio cosa fai?

Ho canottaggio.

A che ora?

Alle cinque.

Ti vengo a vedere.

Non sai dove.

Lungo il fiume.

Lei ha riso: Be', fin qui ci siamo ma forse è un po' generico.

Non preoccuparti. Ti trovo.

Chiamami dopo pranzo, cosí ti spiego.

Ci penso. Se non ti chiamo non preoccuparti. Grazie per la cioccolata.

Tornando in Cenisia ho sbagliato fermata due volte. Non avevo voglia di rientrare a casa, e cosí sono andato ai campi di via Braccini a veder giocare a pallacanestro. Mi sentivo leggero. Sfumato. Nella testa un'aurora boreale e nello stomaco un tuffo in piscina. Quando sono rientrato stava facendo buio e prima ancora di chiudere la porta ho annunciato ad Asia che niente, era arrivato il momento: avevo bisogno di un cellulare. Lei ha annuito, ma da come ha mosso il mento ho capito che non mi aveva ascoltato; se ne stava appoggiata al lavello e guardava fuori dalla finestra; teneva due dita sulle labbra come per sostenere una sigaretta – ma senza sigaretta. Si è massaggiata il collo inclinando il capo e ha detto: Ercole – e ha sospirato – devo dirti una cosa. Aveva parlato con il solito tono basso, lo sguardo serio. Ho scostato una sedia e mi sono seduto. Lei è rimasta in piedi.

Ho messo le mani in preghiera tra le cosce: Allora?

Ha detto: Volevo dirti che... E poi c'è stata una pausa dentro cui s'è infilato un vento freddo: Volevo dirti che avrei deciso, che *ho* deciso, di andare a vivere con Andrea.

L'ho guardata senza capire. La frase è affondata come una bomba di profondità, quelle che prima di esplodere lasciano al mare il tempo di richiudersi. Ho detto: In che senso?

Be', nel senso che mi ha chiesto se vado a stare da lui.

A casa sua?

Sí. A casa sua.

E tu?

E io quando me lo ha chiesto lí per lí ho detto no, che non potevo, che c'eri tu e c'era papà. Ma poi ci ho ripensato e mi sono accorta di avere voglia di farla, questa cosa. Andrea mi piace. Con lui sto bene. E vorrei provare a viverci insieme.

E io?

Asia ha strofinato le dita della mano destra tra loro come avesse toccato qualcosa di appiccicoso. Ho aspettato che parlasse. Potremmo organizzarci, ha detto.

In che modo?

Potremmo far sí che tutto vada avanti piú o meno come sempre.

Piú o meno? Cosa significa *piú o meno*?

Significa…

Ci stai lasciando?

No, Ercole, non vi sto lasciando.

Non posso credere che tu ci stia lasciando.

Ho detto che non vi sto lasciando.

Mi sono coperto la bocca con la mano; ero sconvolto.

Asia si è staccata dal lavandino ed è venuta a sedersi di fronte a me. Andrea abita a dieci minuti, ha detto. Si tratta solo di dormire in un altro posto. Avresti tutto l'armadio per te, tutta la stanza. E se non sarò a casa sarò al lavoro, dove puoi passare a pranzo o a cena ogni volta che ti gira. Ci potremo vedere in qualunque momento e io continuerò a occuparmi delle faccende di casa come al solito, penserò io alle bollette eccetera, non cambierà nulla.

Ho detto: L'avevi promesso. Che saremmo rimasti insieme. Sempre. Noi tre.

L'ultima volta che ricordo di aver fatto questa promessa, Ercole, tu avevi sette anni e io ne avevo dodici.

E cosa c'entra?

C'entra che si cresce…

Io non sono ancora cresciuto. Ho quattordici anni.

A quattordici anni io mi occupavo di questa casa da tre.

Ho urlato: Appunto!

Asia ha urlato: Appunto cosa? Poi ha sollevato le mani all'altezza del petto, i palmi verso di me: Ferma ferma

ferma. Ha tratto un sospiro profondo. Lo sapevo che non saresti stato felice. Anche se, visto che invece io lo sono, nonostante il senso di colpa, vorrei che almeno tu ci provassi. Vorrei che tu provassi a essere felice per me. Occhei? Detto questo, Ercole, sono stanca. Stanca di occuparmi di questa casa come fossi io ad averla costruita, ma allo stesso tempo io *voglio* occuparmi di questa casa. E di te. E di papà. Voglio continuare a starvi vicino perché voi, cazzo… siete *voi*. E visto che sono stanca di fare quello che invece desidero continuare a fare, ecco, devo trovare un equilibrio. Lo capisci? E andare a vivere da Andrea è un modo buono, per me, di cercare una soluzione a questo problema. Sarà come se non fossi mai andata via, te lo prometto. Sarà solo come se dormissi fuori. Per il resto ci sarò. Come sempre.

Non è la stessa cosa.

Ha indicato la porta: Entrando… Ercole, sei entrato dicendo che volevi un cellulare. Bene, lo prendiamo. Cosí mi potrai parlare ancora piú frequentemente e piú velocemente di prima e io apparirò magicamente ogni volta che avrai bisogno.

'Fanculo il cellulare. Fa venire il tumore al cervello.

Ercole…

Ecco. Il fatto è che, a pensarci adesso, io lo sapevo che Asia aveva ragione; era solo che non riuscivo a dirglielo. Non potevo. Nonostante anch'io, in quel momento, ne avessi avuto l'occasione, sarei andato a vivere con Viola con grande piacere, non riuscivo ad accettare che lei mi lasciasse – che *potesse* lasciarmi – per andare da Andrea. Ero geloso. Geloso perché lei poteva farla, questa cosa, mentre io no. I miei non erano altro che i desideri di un ragazzino. E chissà quanto tempo sarebbe ancora passato prima di riuscire a realizzarli. Ma non solo. C'era qualcos'altro.

C'era la sensazione che qualcosa stesse finendo, un certo modo di stare insieme e tutto quanto. La nostra vita stava cambiando e quando lasci la vita vecchia per la nuova, be', c'è sempre qualcuno che ti tira le uova, o che almeno ci prova. Cosí mi sono alzato in piedi e ansimando come dopo una corsa ho detto: Non ci posso credere...

Asia mi guardava seduta composta, sembrava stesse per sostenere un colloquio di lavoro.

Ci lasci soli.

Ti ho già detto che con vi lascio soli, Ercole. Passerò ogni giorno. Non ci incroceremo piú in mutande la mattina, ma per il resto non cambierà niente, continuerò a farvi le lavatrici e...

So farle da me.

Ottimo. Una cosa in meno.

Ho detto: Vattene. È a quel punto che la bomba di profondità è esplosa. Vattene, ho detto. Se vuoi andartene vai. Vorrà dire che a papà ci penserò io. Asia si è alzata e ha fatto il giro del tavolo, forse per abbracciarmi, per toccarmi, ma io sono scattato in piedi e ho spostato la sedia in modo da piazzarla tra di noi: Non ci serve una badante. Ce la caveremo. Il petto si è gonfiato come se stessi respirando troppa aria e troppo in fretta e ho dilatato nella mia testa la parola *tradimento* in modo da farle assumere un valore epico. Ho detto: Le promesse fatte negli anni. Che nulla ci avrebbe diviso. Cazzate. Asia ha provato ad aggirare la sedia e io gliel'ho impedito muovendola. Ho urlato: Ho quattordici anni, cazzo! E davvero non saprei dire perché ce l'avevo cosí con quella faccenda dei quattordici anni, come se affermare quel dato servisse a mettere l'intera questione sotto una luce diversa. Le lacrime hanno riempito gli occhi, hanno appannato la vista e alla fine sono scese.

Solo adesso, con tutta questa storia alle spalle, avendo avuto il tempo di rifletterci, capisco che Asia non era una specie di cavaliere Jedi, sempre al mio fianco, invincibile, indistruttibile. Ero *io* che la vedevo cosí. Io, che avrei voluto che lei fosse cosí. Perché non potevo accettare o immaginare che fosse diversa; non potevo dubitare che non fosse ciò di cui avevo bisogno: l'argine che avrebbe impedito alla mia vita di straripare. Ma Asia, con le sue labbra cosí simili a un taglio nel marmo, con un lumino da chiesa negli occhi, era forte, sí, coraggiosa, ma non indistruttibile. Legata a me, ma non *me*. Non ero l'unico a vedere i mostri nei muri. Non ho mai saputo quali fossero i suoi e in quale antro si nascondessero, ma c'erano; eccome se c'erano. Solo che lei la imprigionava, la paura; la seppelliva dentro stanze buie, le cui porte davano su stanze buie che portavano ad altre stanze buie in luoghi segreti e bui dentro la sua testa. Era stata lei, un anno, a Natale, a regalarmi una matrioska comprata su una bancarella. La signora era proprio russa, mi aveva detto. E la signora russa le aveva raccontato che la piú piccola delle bambole si chiamava *seme*, forse perché in comune a tutte, e che la piú grande, be', quella si chiamava *madre*.

Le madri contengono. Ogni cosa. Fratelli e sorelle accompagnano.

Ho sempre odiato piangere. E mi odio quando piango. Assomiglio al crollo di una diga. Mi sono asciugato con la manica del giubbotto che non mi ero ancora tolto, ho dato un calcio alla sedia, ho preso la porta e sono uscito sbattendola piú forte che potevo. Sono sceso per le scale veloce, per impedire alla voce di Asia di raggiungermi. La città era rumore e velocità e tutto mi dava fastidio. Avrei voluto saltare sul cofano di una macchina e farla esplodere; dare una spallata a un palazzo e mandare in frantumi le finestre; attaccare briga con qualcuno e pestarlo a sangue. Avrei voluto essere quel tipo di persona. Ma io non sono cosí. Piuttosto, io sono quello che per prima cosa si sente in colpa e pensa che se la faccenda è andata male sia a causa sua. Quello che ti passa accanto con le mani in tasca e lo sguardo sull'asfalto. Lo schizzo d'acqua che subito s'asciuga.

Mi sono seduto su una panchina. Davanti a me una signora anziana camminava con una lentezza infinita appoggiandosi al bastone. Sembrava che ogni passo le costasse fatica. Mi ha visto, e senza smettere di procedere si è voltata quel tanto per sorridermi e fare un cenno con la testa. La mia faccia doveva essere un casino: impiastricciata di lacrime, gli occhi rossi. Ho deglutito e ho ricambiato il sorriso.

Si è fatto buio. Si sono accese le luci dei lampioni. La cosa migliore che potevo fare era tornare indietro, chiedere scusa ad Asia per la mia reazione e dirle che aveva ragione, che andava bene – che tutto sarebbe andato bene. Ma non riuscivo a decidermi. Cosí ho cominciato a camminare. C'era ancora quell'odore di neve nell'aria che avevo sentito nel pomeriggio con Viola, ai Murazzi. Oltre le vetrine dei negozi s'intravedeva gente che provava vestiti e ordinava pizze. Dal soffitto di un'agenzia di viaggi pendeva un globo e una ragazza con gli occhiali color pesca mostrava il catalogo di un tour operator a una coppia di signori; avranno avuto l'età dei miei e lui, brizzolato, camicia azzurra, giocava con il braccialetto di lei facendoglielo ruotare attorno al polso. Mi sono stretto nel giubbotto e ho pensato che avrei fatto meglio ad avere una sciarpa. Senza rendermene conto ho raggiunto Porta Susa, e da lí piazza Statuto, e continuando per via Garibaldi sono arrivato in centro, ho attraversato il ponte, ho superato la Gran Madre e mi sono ritrovato sotto casa di Viola.

Ho cercato di ricostruire quale fosse la finestra di camera sua e mi sono seduto per terra dalla parte opposta della strada. La luce era spenta. Mi è sembrato di intuire che fosse accesa quella della sala. Il suono di un pianoforte sfiatava da qualche parte. Sono rimasto lí sotto per non so quanto tempo. Era una via laterale. Non passava nessuno. Come davanti a scuola ho sperato che *sentisse* la mia presenza. Si sarebbe affacciata alla finestra e mi avrebbe visto. Sarebbe scesa, ci saremmo baciati, poi mi avrebbe invitato a salire e di nascosto dai suoi sarei sgattaiolato in camera. Saremmo rimasti a parlare a lungo, abbracciati, poi avrebbe steso una coperta accanto al letto, preso un vecchio sacco a pelo – *Dormi lí. Buonanotte. Buonanotte* – ma a un certo punto mi sarei alzato e mi sarei infilato al suo fianco sotto le coperte, e lei non avrebbe detto nulla; l'avrei stretta sentendole la pancia e la curva dei seni, il naso tra i capelli; mi sarei scostato per evitare di spingerle addosso la mia erezione e avrei soffocato l'imbarazzo con una risata; lei avrebbe intuito e avrebbe riso con me. Non avremmo fatto l'amore. Non ancora. Ma presto sarebbe successo.

La finestra della camera di Viola si è illuminata. Poi si è spenta. Nella via è passata una macchina, lenta, in cerca di parcheggio. Mi ha superato e ha svoltato a sinistra.

*Guardami. Guardami. Guardami.*

Quando ho aperto gli occhi non avrei saputo dire che ora fosse. Mi ero addormentato. Stavo congelando. Le luci del palazzo erano spente. Mi sono alzato, intorpidito, mi sono stirato e sono tornato verso piazza Vittorio. Per le strade poche macchine e pochi passanti. La città era un animale assopito e io ne percepivo il respiro, i movimenti innescati dai sogni. Non ero piú arrabbiato, ma non avrei saputo dare un nome a quello che sentivo – forse nulla. Un gatto ha attraversato la strada; sulla mezzeria si è fermato e mi ha guardato – mi è sembrato stanco. Avevo la scarpa slacciata, mi sono chinato ad allacciarla e quando ho rialzato gli occhi non c'era piú. Mi sono trascinato a casa. Ho infilato le chiavi nella toppa facendo attenzione a non fare il benché minimo rumore. La luce insulsa della ventola è filtrata dallo spiraglio della porta. Asia era seduta al tavolo – schiena dritta, le mani giunte sulla tovaglia a giocherellare con delle molliche di pane. Mi ha guardato. Ho chiuso la porta.

Papà?

Asia ha scrollato le spalle.

Ho detto: Fa un freddo cane.

Un tè?

Ho annuito. L'orologio sulla mensola diceva che erano quasi le tre.

Asia ha messo a bollire l'acqua ed è rimasta in piedi a studiarla. Poi ha preso una sigaretta dalla mensola e l'ha accesa.

Da quando fumi?

Lei si è stretta la vita con il braccio e ci ha poggiato sopra il gomito, tenendo la sigaretta alta tra due dita. Ha sbuffato una nuvola sottile: La pausa al lavoro. Fumano tutti.

Il lavoro fa male.

Ha sorriso, si vedeva che crollava dal sonno. Ha atteso che l'acqua bollisse, ha tagliato una fetta di limone e l'ha lasciata cadere nell'acqua, come piace a me. Ha messo la bustina in infusione; una volta pronto ha versato il tè nella tazza e lo ha zuccherato il giusto. Ha posato la tazza sul tavolo e si è seduta. L'ho stretta tra le mani: il calore, dai palmi, si è irradiato al resto del corpo.

Grazie, ho detto.

Mi spiace.

Ho scosso le spalle.

Non ci sarò piú come prima, hai ragione.

Sí.

Ma ci sarò in modo diverso.

Ho scosso la testa: Non devi giustificarti.

Non mi sto giustificando. Vorrei solo spiegarti.

Ha atteso che io dicessi occhei, spiegami, ma ero troppo stanco; ho sollevato gli occhi dalla tazza e ho detto: Me lo spiegherai. Non adesso.

Come vuoi.

A papà lo hai detto?

Sí.

Lui?

Ha detto che era felice per me, ma che non aveva modo di aiutarmi e che me la sarei dovuta cavare. La punta della sigaretta ha brillato nella penombra, Asia l'ha spenta nel posacenere: Vado a dormire. Il giorno dopo avrebbe cominciato a portare via le sue cose. Ha aperto la finestra per cambiare l'aria e la notte è rotolata dentro come fosse stata tutto il tempo lí fuori, acquattata ad ascoltare. Si è diretta in camera e non appena mi ha rivolto la schiena ho sentito l'istinto di alzarmi e correre ad abbracciarla. Invece sono rimasto seduto. In attesa di qualcuno che mi dicesse cosa fare.

Ohi, ohi, ohi! Papà è entrato come una furia, fischiettando una canzone di Natale anche se eravamo a febbraio. Sveglia sveglia, mi serve aiuto.

Ho aperto gli occhi, li ho stropicciati con le nocche: Che ora è? Dalla finestra entrava una luce estiva e per un attimo mi sono chiesto se non fosse stato tutto un sogno: Viola, l'inverno, Asia. Poi papà ha tirato su la serranda e no, era solo una di quelle giornate che dicono che non può fare freddo per sempre e dopo un attimo comincia a nevicare. Mi sono reso conto che avrei dovuto essere a scuola. Asia era uscita senza svegliarmi. Una parte del cervello ha provato a ricordare le lezioni di quel giorno, se mi ero perso un compito o chessò io, mentre l'altra ha pensato: 'Fanculo. Mi sono coperto la testa con il cuscino, per soffocare il rumore di fondo della realtà.

Allora?

Ho mugugnato: Che vuoi?

Devi venire con me.

A fare?

Svuotare una cantina.

Mi sono sollevato su un gomito, ho aggrottato la fronte: Stai scherzando?

No.

Quale cantina?

Un cliente.

Tu non hai *clienti*.

Un vecchio cliente di Beppe.

Beppe è morto.

Di quand'era vivo. Ma la pianti? Che sono tutte 'ste domande?

...

Alzati, dài. Mi ha strappato via le coperte.

Dove andiamo?

Te lo dico dopo.

Devo fare la doccia.

Te la fai al ritorno. Tanto adesso sudi e ti sporchi.

Ho *bisogno* di una doccia, papà. Dico sul serio.

Cristo, che cagacazzo che sei. E fatti 'sta doccia, allora. In fretta.

Ho lasciato che l'acqua lavasse via ogni cosa; ho insaponato i capelli e grattato il cuoio capelluto come fossero i pensieri a dover essere puliti, e quando sono uscito all'aperto, nell'aria frizzante di febbraio, be', mi sentivo meglio. E poi la faccenda della cantina era vera. Non so chi fosse il *cliente*, ma aveva davvero chiesto a papà di svuotargliela, buttare l'inutile e l'irrecuperabile, vendere ciò che si riusciva, e tenere ciò che poteva servire. La cantina era enorme e polverosa, illuminata da una finestrella coperta di cracia e da una lampadina gialla che diffondeva verso l'esterno aloni di luce concentrici di sempre minore intensità. Come se non bastasse, a dividerci dal cortile, e quindi dal furgone che papà si era fatto prestare da qualcuno del mercato, c'erano due rampe di scale, strette e scivolose. Io mi sono subito scoraggiato, ma papà ha scrocchiato le dita, si è arrotolato le maniche fin sopra ai gomiti e ha detto: Diamoci dentro, come stessimo per saccheggiare Babilonia.

Tra mobili marci, sacchi di vestiti e casse di pezzi di ricambio per macchine da cucire, a un certo punto ho trovato una bicicletta. Di quelle vecchie nere, butterata dalla ruggine e coperta di polvere e ragnatele, con le leve del cambio sul tubo obliquo – tre marce. In fondo, a parte un pomeriggio di quattro anni prima, quando per un'ora circa mi ero illuso di essere entrato in possesso della bicicletta piú bella che avessi mai visto, io una bici *mia* non l'avevo mai avuta. Ho deciso di tenerla e di aggiustarla. Io e papà abbiamo lavorato sodo fino a metà pomeriggio, fermandoci mezz'ora per mangiare dei panini al salame e al formaggio comprati al discount, poi siamo andati al Triciclo a gettare ciò che avevamo catalogato come immondizia, e a Porta Palazzo a piazzare certe plafoniere color salmone che avevano ancora un valore.

Alla fine ero sudato e sporco, cosí come aveva detto mio padre. Anche lui lo era. Avevamo sudato e ci eravamo sporcati; e io mi sentivo bene. Ho pensato che forse, io e lui da soli, ce la potevamo fare; se fosse stato necessario avrei potuto lasciare la scuola e aprire con lui un'impresa di quelle che svuotano cantine e soffitte. Avevo sentito dire che certe volte si trovano dei tesori, tipo quadri di pittori famosi, o porcellane.

Sulla strada di casa, fermi a un semaforo, ho detto: E cosí Asia ci lascia.

Papà ha acceso una sigaretta, ha abbassato un dito il finestrino e soffiato il fumo attraverso la fessura. I figli crescono, ha detto.

Penso di avere una ragazza.

Mi ha guardato di sbieco: Una ragazza?

Già.

E chi sarebbe?

Una.

E ha un nome?

Viola.

Viola, ha ripetuto, rigirandosi il nome sul palato; si è grattato la testa: Ed è carina?

Sí.

Ha annuito, strizzato gli occhi come per guardare lontano.

Ti posso chiedere una cosa?

Papà ha mosso la mano per dire *avanti*.

Perché mamma è andata via?

...

...

Non era felice.

Per colpa nostra?

Macché... Ha sbuffato del fumo dal naso: A volte essere infelice è solo un'abitudine. Altre volte una malattia.

E tu lo sapevi?

Cosa?

Che se ne sarebbe andata.

Non era la prima volta.

Era già andata via?

Prima che tu nascessi.

Davvero?

Papà ha rallentato per svoltare in un cortile ma l'entrata era occupata da un'auto. Si è fermato, ha messo le quattro frecce e ha suonato due volte il clacson.

Ma tu lo sai dov'è andata?

Papà ha abbassato il finestrino, ha gettato il mozzicone di sigaretta, si è slacciato la cintura di sicurezza per potersi muovere e ha sporto la testa. Ehi, ha urlato in direzione di tre uomini seduti in un dehors, sapete di chi è? Quelli hanno fatto segno di no. Papà ha bofonchiato: Teste di cazzo. Ha aperto la portiera, ha messo giú un piede e ha suonato di nuovo il clacson – due colpi piú lunghi dei precedenti.

Ho pensato che non glielo avevo mai chiesto. Non avevo mai fatto quella domanda. Non *cosí* per lo meno. Mamma era andata via e non si era piú fatta sentire, punto. Avevo sempre dato per scontato che se papà avesse saputo qualcosa ce lo avrebbe detto e che se non diceva nulla era perché non c'era nulla da dire.

Una signora è uscita di corsa dalla panetteria all'angolo, teneva stretta al petto una busta di carta marrone da cui sbucavano dei grissini; aveva i tacchi e zampettava sulle punte come se il marciapiede fosse invaso di scarafaggi. Ha sventolato il braccio per dire *arrivo scusi vado via*. Papà ha grugnito. È risalito in auto. L'ho guardato in attesa della risposta, ma lui si è concentrato sulla retro per permettere alla donna di levarsi di mezzo. Ha posteggiato il furgone tra due moto in fondo al cortile, davanti a una gabbia di metallo. Abbiamo scaricato la bici che avevo deciso di tenere, due sacchetti di cianfrusaglie, certi orologi e vecchi cellulari che sapeva a chi piazzare.

Ha detto: Vai a casa, io mi libero di questi.

Adesso, in camera, ho un quadro con una frase di *Alice nel Paese delle Meraviglie*. Alice chiede al Bianconiglio: Per quanto tempo è per sempre? e il Bianconiglio risponde: A volte, solo un secondo. Certe sere mi sdraio, incrocio le mani dietro la nuca, e la fisso finché non mi si chiudono gli occhi. È una bella frase anche se non ho idea di cosa significhi. Che un secondo può essere eterno o che non bisogna fare affidamento sulle promesse?

Una settimana dopo il trasloco Asia e Andrea mi hanno invitato a cena. Hanno detto che non era un *invito* e *mi casa es tu casa*; che potevo andare a trovarli quando volevo, e che la porta era sempre aperta. A tornare piú volte con insistenza su questo punto, nel corso della serata, è stato Andrea. Si capiva che lo diceva non tanto per me quanto per Asia, ma mi ha comunque fatto piacere. Mi ha tranquillizzato sapere che aveva accanto qualcuno disposto a mettere da parte i propri interessi per lei. L'appartamento era piccolo, il letto era sul soppalco, ma la confusione che regnava ovunque era piacevole. Entrando ho sentito odore di patchouli; proveniva dalle candele sul tavolo. Asia aveva smesso da un pezzo di rubarle in chiesa e ora le comprava dagli indiani. Siamo stati bene. Abbiamo ascoltato la musica da un impianto che sembrava di essere a un concerto; certi gruppi che non conoscevo ma di cui, ho pensato, avrei poi potuto parlare con Viola. Andrea ha cercato di spiegarmi come si gioca a rugby e quando sono tornato a casa sentivo le formiche nelle scarpe.

Ho preso l'abitudine di andare a prendere Viola a scuola il martedí e il venerdí. Alla fine il cellulare non l'ho comprato: non so perché. All'inizio credo di averlo fatto per far sentire ad Asia la mia mancanza, cosí che fosse costretta a passare da casa per parlarmi. Poi perché tra gli amici di Viola ero diventato quello *senza* e tutti mi chiedevano se fosse un fatto religioso, tipo i Testimoni di Geova che non possono donare il sangue, e indagavano sui miei passatempi. Io spiegavo che mi piaceva girare per la città in bici e in autobus – potevano capitare cose interessanti, tipo innamorarsi – o giocare a pallacanestro da solo. Insomma, non averlo mi regalava un'aura romantica che non avrei saputo coltivare in altro modo. E poi, ecco, non poter sentire Viola in continuazione, essere costretto ad aspettare di incontrarla di persona, be', riempiva l'attesa di desiderio – e l'incontro di importanza. Viola è rimasta stupita dai racconti sulla mia famiglia e io mi sono accorto di quanto, da bambini, sia facile abituarsi alle proprie condizioni di vita al punto da reputarle *normali*.

Ci siamo baciati la prima volta dopo aver condiviso un kebab, ricordo il sapore della cipolla e della panna acida. Ho montato i pedalini per la ruota posteriore della bici e abbiamo cominciato a girovagare per la città, lei in piedi, le mani sulle mie spalle; abbiamo fatto a gara con il fiume, inseguito la nebbia e urlato come se le voci lasciassero una striscia, come di notte le luci delle macchine. Abbiamo visto un cassonetto in fiamme. Ci siamo sdraiati con un plaid su un prato al parco Michelotti a leggere un libro – io, che di libri non ne avevo letti mai. Lo tenevamo aperto sul plaid e quando uno finiva la pagina di destra aspettava che l'altro fosse arrivato allo stesso punto per girarla. Di solito finiva prima lei – io sono un po' lento a leggere. Era *L'amico ritrovato* di Uhlman. Viola doveva leggerlo per la scuola.

Quelle poche volte che avevo provato a leggere dei libri assegnati dai professori all'inizio avevo sempre faticato a entrare nella storia e dopo poche pagine, in certi casi pochi paragrafi o poche righe, le parole iniziavano a svanire nel tragitto occhi-cervello. Leggevo, ma nulla di quello che leggevo si trasformava in immagini, andavo avanti a strisciare lo sguardo sulla carta e mi rendevo conto di essermi distratto e che non ricordavo una sola parola di ciò che avevo letto. Con *L'amico ritrovato* questo non era successo. Forse era merito dello scrittore, e anche della brevità del testo, ma senza dubbio, per la prima volta, avevo trovato una voce in cui riconoscermi. Non c'era dubbio che io fossi Hans Schwarz, con i vestiti sdruciti e le dita macchiate d'inchiostro, e che Viola fosse Konradin von Hohenfels – la *mia* Konradin von Hohenfels. Il tentativo di Hans di fare colpo su Konradin, la paura che ha di mostrargli casa sua e l'imbarazzo che gli causa il padre, cosí come la naturalezza con cui Konradin offre la sua amicizia al meno probabile dei compagni, e il conseguente stupore di Hans – *Chi ero io per avere l'ardire di rivolgergli la parola? Cosa potevo offrire? Cosa poteva mai avere Konradin von Hohenfels in comune con me?* – ecco, in quelle sensazioni mi ritrovavo come non mi era mai capitato prima leggendo un libro. Le prendevo. Le trasformavo. Le usavo.

E poi potevo parlarne con Viola.

Lei ha detto: Dovevi solo trovare il libro giusto.

Insomma, tra di noi andava bene. Molto bene. Forse è per questo che un giorno ho rischiato di mandare tutto all'aria: non ero abituato al fatto che le cose andassero *cosí* bene. Non mi era mai successo prima. Continuavo a chiedermi come fosse possibile. Com'è che avevo visto la ragazza dei miei sogni dal finestrino di un autobus, che avevo avuto il coraggio di fermarmi a comprare dei fiori – cioè, dico: dei fiori – per poterla conoscere e che alla fine lei era diventata mia per davvero. Lei, che era piena di amici da non sapere dove metterli, non come me, che secondo Viola sono una specie di panda rosso – un piccolo mammifero solitario che vive sull'Himalaya e i cui parenti piú stretti sono i procioni, le puzzole e le donnole. Lei aveva compagni che sapevano chi era Caetano Veloso, faceva canottaggio con ragazzi che partecipavano a gare internazionali in Lettonia. Io l'unica volta che avevo detto qualcosa che lei non sapesse era quando le avevo parlato delle tempeste di fulmini alla foce del Catatumbo – e me l'ero giocata subito: da lí in poi il vuoto. Ma a lei non interessava, sembrava le piacessi io, e nient'altro – nonostante tutto. Ma nonostante questo di tanto in tanto mi prendevano delle crisi e immaginavo che la nostra storia non sarebbe durata; che lei a un certo punto sarebbe sparita dalla mia vita; che in seconda liceo sarebbe partita per l'estero come il fratello, e che in Messico o in Nuova Zelanda si sarebbe innamorata di uno studente islandese appassionato di biologia marina mentre io, in borgata Cenisia, riflettevo se mettermi in società con mio padre per svuotare cantine e soffitte.

Ero cosí attento a cogliere il momento in cui la frattura si sarebbe consumata che un giorno di maggio, mentre stavamo mangiando patatine pescandole dallo stesso cartoccio e lei mi raccontava di suo zio, quello che aveva dipinto il quadro che teneva in camera, sopra il letto, con le mongolfiere e tutto il resto, mentre mi raccontava che avrebbe esposto i suoi dipinti in una galleria di Bologna, io di botto me ne sono uscito con: Ecco perché sono sempre io a venire da te, non ho quadri di zii pittori da farti vedere.

Cercando di decifrare il senso della frase, lí per lí Viola ha sorriso, predisposta a considerarlo un commento positivo. Ha morso una patatina e ha tenuto il pezzetto restante tra due dita. Poi mi ha scrutato e ha detto: In che senso?

Cosa?

Quello che hai appena detto... Cosa intendevi?

Io sapevo il significato di ciò che avevo appena detto, per cui ho risposto: Nulla.

Nulla un cazzo, ha detto lei. Viola usava la parola *cazzo* solo quando era arrabbiata. Mi stai dicendo che ti dà fastidio se parlo della mia famiglia?

No.

Quindi posso dirti quanto sono orgogliosa di mio zio?

Sí. Certo.

E allora?

E allora niente. Perché ti stai scaldando? Ho solo detto che non ho degli zii come i tuoi.

E perché lo hai detto?

Cosí. Perché tu lo sappia.

Cosa?

Che la mia famiglia è diversa dalla tua.

E quindi?

E quindi niente.

Viola si è liberata del pezzo di patatina che teneva ancora tra le dita e le ha strofinate per pulirsi dalle briciole: Aspetta, spiegati meglio. Secondo te dovrei fingere di avere una famiglia diversa da quella che ho perché tu non ti senta... chessò, sminuito?

Vuoi dire *una merda*? Perché io non mi senta *una merda*? Io non mi sento una merda, se è quello che intendi. Tu pensi che la mia sia una famiglia di merda?

Viola ha strabuzzato gli occhi: Ma come ti viene in mente? Non ho mai detto una cosa del genere.

Magari lo pensi.

No che non lo penso. Sei impazzito?

Sono scattato in piedi: Quello che so è che non ho una famiglia come la tua. E neppure una vita come la tua.

Ed è colpa mia?

Ho detto: Non hai mai insistito per venire a conoscere mio padre. O mia sorella.

Cosí come tu non mi hai mai proposto di incontrarli. E comunque chi se ne frega. Mica ci dobbiamo sposare, no? C'abbiamo quattordici anni.

Ho ribattuto: Tu ne hai già fatti quindici.

E questo cosa vuol dire?

Ti volevo portare al *Barzagli* e non sei voluta venire.

Al *Barzagli*? Che cazzo è il *Barzagli*?

La caffetteria. Quella vicino a casa mia. Quella di Marcello. Te ne ho parlato. Volevo portarti lí a prendere la cioccolata.

Quando?

La prima volta che sono venuto da te al Gioberti. Ma tu mi hai subito portato a casa tua.

Ercole, la prima volta che sei venuto al Gioberti siamo andati a casa mia perché fuori faceva un freddo porco, te lo ricordi? Ma se vuoi andare al... *Barzagli*, andiamoci. Adesso.

Ho sospirato e ho scosso la testa: Ora lo fai solo per accontentarmi.

Viola si è alzata in piedi; le tremavano le guance. Stava cercando di controllarsi, l'ho capito; stava cercando di non fare quello che aveva voglia di fare. Ma poi non ce l'ha piú fatta, ha stritolato il cartoccio di patatine e me lo ha scaraventato addosso gridando: Ma vaffanculo! Ha raccolto lo zaino con la roba del canottaggio e se ne è andata.

Non mi ero mai sentito cosí male. Ho avuto freddo. Ho avuto caldo. Il senso di colpa ha cominciato a divorarmi come se un procione avesse fatto la tana nello stomaco. Quella notte non ho chiuso occhio e la mattina sono uscito di casa che non erano ancora le sette e invece di andare al Plana mi sono diretto in piazza Vittorio. Sapevo che Viola attraversava il ponte a piedi per andare al Gioberti. Mi sono fermato a metà campata e mentre la aspettavo mi sono accorto che qualcuno aveva sparpagliato sul marciapiede degli stuzzicadenti. Mi sono accucciato sui talloni e ho iniziato a spostarli per disegnarci qualcosa. Un robot. Una casa. Una balena. E visto che di solito quando faccio qualcosa di creativo finisce che mi isolo dal mondo anche se sono sul marciapiede di un ponte, mi sono accorto di Viola solo quando si è fermata a vedere cosa stessi combinando. Per essere preciso: mi sono accorto delle sue scarpe dai lacci gialli. Allora ho sollevato gli occhi e lei era lí che mi guardava, in controluce, i capelli bruciati dal sole che sorgeva da dietro la collina. Senza alzarmi ho detto: Sono stato un coglione.

Viola ha fatto sí con la testa.

Ho sospirato senza sapere cos'altro aggiungere. Ho aggiunto uno stuzzicadenti alla balena.

Sai perché mi piaci? ha detto Viola.

Non ho risposto.

Perché sei coraggioso. Sei stato coraggioso a inventarti quella storia della zia per comprare i fiori. E a presentarti davanti al Gioberti. Non hai avuto paura di fare una figura di merda con i miei compagni o che io potessi metterti in imbarazzo. Per questo non capisco perché tu debba avere paura *adesso*. Perché è chiaro che hai paura. Me lo ha detto mia madre.

Ho detto: Ne hai parlato con tua madre?

Lei ha fatto finta di niente e ha continuato: Se non avessi voluto avere a che fare con te non ti avrei accompagnato al Monumentale. Non ti avrei fatto la cioccolata. E non staremmo insieme da tre mesi, che è la storia piú lunga che ho mai avuto fino a questo momento. Se vuoi chiuderla, vattene. Ma non fingere che sia stata io a mandarti via.

Ho cercato di capire ciò che aveva appena detto e per aiutarmi a riflettere ho sistemato uno stuzzicadenti perpendicolare alla schiena della balena. Viola si è accucciata accanto a me e ne ha messi altri due nello stesso punto, a completare lo spruzzo. Ho detto: Non voglio chiuderla.

E allora continua a essere coraggioso, ha risposto lei.

Una nuvola ha coperto il sole, poi si è spostata e dopo poco una seconda nuvola ha riportato l'ombra; quindi è tornato ancora il sole. Mi sono sporto verso Viola offrendole le labbra e ci siamo baciati. Lei ha fatto una foto con il cellulare agli stuzzicadenti e io l'ho accompagnata davanti al Gioberti.

Poi giugno e la fine dell'anno scolastico sono rotolati su di noi, elencando i motivi per cui ha senso avere quattordici o quindici anni; fino alla sera in cui sono tornato a casa e ho trovato la porta spalancata e tre poliziotti che cercavano di ammanettare mio padre. Era tardi, saranno state le undici, forse addirittura mezzanotte. Una delle prime notti libere dal pensiero di dover andare a scuola il giorno dopo. Io e Viola eravamo andati al Valentino con alcuni suoi compagni. C'era un gruppo che suonava all'aperto, sul prato, The Buskers Street Band, e un sacco di gente che ballava. C'erano le prime zanzare inseguite dai pipistrelli, le falene che si dimenavano attorno ai lampioni, una luna alta e tonda; l'odore del fiume e dell'erba era una promessa che solo un'estate adolescente avrebbe potuto mantenere. Avevamo giocato a frisbee al buio e riso tanto da avere male allo stomaco. Ci eravamo salutati alla spicciolata, con la promessa di rivederci la sera dopo, e io avevo pedalato lungo il controviale di corso Vittorio canticchiando *Rock Around the Clock* senza saperne le parole; avevo legato la bici in cortile, ero entrato nell'androne.

Le urla erano rimbalzate nella tromba delle scale. Avevo subito riconosciuto la voce di mio padre.

La prima cosa che ho notato entrando in casa sono stati i cocci di vetro sparsi ovunque, per terra, sui mobili, sul divano, e il vino rosso che impiastricciava il pavimento. Papà aveva cercato di difendersi tirando ciò che aveva a portata di mano, o forse nella colluttazione lui o i poliziotti avevano fatto cadere il vaso di fiori secchi che da quando ero piccolo stava sopra il frigorifero, il calendario di due anni prima appeso alla porta e la ciotola sul piano della cucina dentro cui svuotavamo le tasche dalle monetine di bronzo destinate alla vedova. Papà gridava: Bastardi figli di puttana non mi avrete. E intanto si dimenava scalciando e rovesciando sedie.

Ho urlato: Che state facendo?

Un poliziotto ha detto: Stai lontano per favore.

Lasciatelo. Gli fate male.

Ti ho detto. Di stare. Lontano.

Lo hanno immobilizzato. A terra. Le manette dietro la schiena. Lui continuava a gridare: Bastardi figli di puttana lasciatemi. E poi a me: Non credergli Ercole non credergli non farti ingannare non è successo nulla mi stanno incastrando non credergli non credere a niente.

Un poliziotto si è avvicinato, ha chiesto: Tu sei il figlio?
Cosa ha fatto? Perché lo...
Ti ho chiesto se sei il figlio.
Sí.
Hai qualcuno che può occuparsi di te?
Se...
Quanti anni hai?
Quindici. Quasi quindici.
Tua madre?
Cosa c'entra mia madre?
Può occuparsi lei di te?
...
Dove abita tua madre? Hai un telefono?
Ho guardato papà. Gli altri poliziotti lo hanno tirato in piedi: Cammina, hanno detto, e non fare scherzi. Lui ha gridato qualcosa che non ho capito e ha fatto per scrollarseli di dosso. Un poliziotto è inciampato ed è caduto a terra. L'altro ha colpito papà alla bocca dello stomaco. Lui si è accasciato sul tavolo. Lo hanno afferrato da sotto le ascelle e trascinato via. Avrei voluto dire qualcosa. Avrei voluto difenderlo. Ma ero paralizzato.
Il poliziotto ha fatto schioccare le dita davanti ai miei occhi, come dopo un'ipnosi: Mi hai sentito?
...
Ti accompagniamo noi. Dov'è in questo momento?
Chi?
Tua. Madre.
...
Il poliziotto ha sbuffato nervoso: Vieni con me, ha detto.
Mi ha appoggiato una mano sulla schiena. Ricordo di aver sentito la stoffa del giubbotto tirare, come ne avesse stretto un lembo. Siamo usciti sul pianerottolo. I vicini erano assiepati per le scale. Un quarto agente, una don-

na dagli occhi neri e profondi, è salita controcorrente con un rotolo di nastro bianco e rosso. Mentre scendevamo la gente accorsa a vedere cosa stava capitando si scostava appiattendosi contro il muro; alcuni tiravano indietro la pancia trattenendo il fiato. Ho pensato che non poteva essere vero, che doveva essere un film. Con gli occhi ho cercato le telecamere. Le frustate dei lampeggianti coloravano l'atrio attraverso la porta del cortile. Hanno fatto salire papà su una volante e spinto me verso la seconda. Quando abbiamo incrociato lo sguardo ha preso a battere la testa contro il finestrino – muoveva la bocca, gridava, ma io non sentivo niente.

Sali, ha detto il poliziotto indicando l'auto piú vicina. In quel momento ho sentito la stoffa del giubbotto rilassarsi; ho fatto un passo lungo e ho cominciato a correre.

Mi hanno inseguito. O almeno credo. Non mi sono voltato. Ho sentito che gridavano: Fermati, torna indietro. Per un attimo ho avuto paura che mi sparassero e ho atteso di sentire i proiettili fischiare sopra la testa, scheggiare le grondaie dei palazzi e polverizzare l'intonaco al mio passaggio; poi ho pensato che forse non ero cosí pericoloso da dover essere ucciso. E visto che conoscevo quell'intrico di cortili meglio dei cassetti di camera mia, prima che loro potessero dire *gattabuia* ero in strada e senza smettere di correre sono arrivato a casa di Asia.

Era la sera che lei e Andrea si prendevano libera dal ristorante; erano entrambi in felpa e pantaloni della tuta, stavano mangiando cinese e guardando un film. Quando ho raggiunto il terzo piano e sono entrato in casa, vedendomi sconvolto, Asia mi ha afferrato per le braccia e mi ha chiesto cos'era successo. Andrea ha tolto un borsone dal divano per farmi sedere, ma sono rimasto in piedi.

Ho raccontato quello che avevo visto, che avevo capito, ma faticavo a parlare perché le parole mi s'incastravano in gola.

Ho detto: È sicuramente un errore. Uno scambio di persona.

Asia era pietrificata: Ti hanno detto di cosa è accusato?

No.

Andrea ha commentato: Da quello che ci hai detto di certo lo accuseranno di resistenza a pubblico ufficiale.

Dove lo avranno portato?

Andrea si è stretto nelle spalle: In questura, immagino. Ma ora credo che la cosa migliore sia chiamare un avvocato. Se volete ne conosco uno. È un cliente. Viene a mangiare da noi un paio di volte alla settimana. Hai presente? Quello giovane con gli occhiali azzurri che si siede sempre vicino alla porta.

Asia ha annuito: Hai il numero?

Sí. Andrea è andato a prendere il cellulare: Me lo ha lasciato dicendo di chiamarlo se avevo bisogno. Non era questo quello che intendeva, suppongo, ma direi che adesso ne abbiamo bisogno.

Che avvocato è?

Non ne ho la minima idea, ma intanto sentiamolo. Se non può occuparsene lui vorrà dire che ci consiglierà un collega. Andrea ha portato il cellulare all'orecchio. Io e Asia abbiamo seguito ogni gesto col fiato sospeso; ma quasi subito Andrea ha socchiuso gli occhi e scosso la testa: È staccato, ha detto. O non è raggiungibile. Ha guardato l'ora: Be', in fondo è mezzanotte. Lo richiamo domattina appena sveglio.

Ho detto: E quindi adesso?

Non possiamo fare molto, ha detto Asia. Non ho idea di come funzioni, ma anche andassimo in questura non penso che ci lascerebbero vederlo. E trascorrere la notte su una sedia in una sala d'attesa servirebbe solo a rendere la faccenda ancora piú sgradevole. Andiamo a letto, mettiamo la sveglia presto e sentiamo cosa dice l'avvocato.

Mi hanno preparato un posto per dormire: una coperta leggera sul divano e un cuscino con una federa bordeaux a puntini azzurri. Andrea ha posato sul tavolo una maglietta e dei pantaloni corti da palestra, quindi si è arrampicato sul soppalco; l'ho sentito muoversi e tra le assi è gocciolata della musica a basso volume. Asia ha preparato una tisana, si è seduta per terra a gambe conserte e ha posato le tazze sul tappeto. Ha picchiettato il cuscino con la mano perché mi sedessi accanto a lei. Io avevo seguito ogni gesto senza parlare: la preparazione del divano e della tisana, la routine di Andrea, la musica a basso volume, ma ero come imprigionato dentro uno scafandro di stupore. Cosí, quando Asia mi ha detto di sedermi sul cuscino, non mi sono mosso. Non mi sono spostato dal davanzale. Non potevo credere che papà fosse in prigione e ciò che io potevo fare era incrociare le gambe su un tappeto e bere della tisana. Non volevo addormentarmi appoggiando la testa su un cuscino con la federa bordeaux a puntini azzurri mentre lui era sdraiato su una panca di cemento o gli stavano friggendo i testicoli con la corrente elettrica, che è una cosa che in certe prigioni succede.

Asia ha detto: Ercole, stai tranquillo. Non gli capita niente se passa una notte al fresco. E poi non è certo la prima volta.

Che ti stai inventando?

Non mi sto inventando nulla.

Lo hanno già arrestato?

Sí.

Non ci credo.

Asia ha sorseggiato la tisana.

Ho chiesto: Quando?

Asia ha seguito la trama di uno dei disegni del tappeto – labirinti – con la punta di un dito; si è chinata a studiarne la consistenza come se la risposta fosse intrecciata ai fili di cotone. Poi ha cominciato a parlare con la voce che le si appiccicava alle labbra: sembrava che allo stesso tempo volesse e non volesse raccontare. È cosí che ho saputo che papà, tanto per dirne una, era stato arrestato la sera in cui sono venuto al mondo. Asia aveva cinque anni, ricordava poco di quella notte, ma ogni cosa le era stata raccontata da nonna, tempo dopo, e se non fosse stata investita da quel dannato transpallet forse, a un certo punto, nonna l'avrebbe raccontato anche a me. Invece niente. Lei non c'era piú e Asia aveva pensato che non fosse una cosa bella da farmi sapere: che papà, la sera in cui sono nato, era stato arrestato per possesso di stupefacenti.

Droga?

Fumo. Non so quanto ne avesse.

Papà non si è mai fatto le canne.

Non era suo. Era di mamma.

...

Asia ha detto che mamma aveva smesso di fumare nel corso della gravidanza perché era pericoloso per il bambino. *Me.* Cosa che mi ha fatto piacere. Cosí, il giorno del cesareo, dato che da lí a poco avrebbe potuto ricominciare – c'era ancora la questione del latte materno ma era secondaria – aveva mandato papà a comprare del fumo dal suo spacciatore di fiducia, che però quel pomeriggio doveva aver sospettato qualcosa, o forse aveva ricevuto una soffiata, sta di fatto che gliene aveva rifilata una quantità assurda a un prezzo ridicolo e nemmeno il tempo di dire *retata* e si era dileguato proprio mentre le auto della polizia bloccavano le vie di accesso alla piazza. Papà aveva cercato di liberarsi della roba sotterrandola vicino a un albero, sedendocisi sopra e fingendo di fare yoga – ma gli agenti non c'erano cascati. Era stato incriminato e non volendo ammettere di essere andato per mamma, avendo paura che per questo potessero portarle via noi, si era preso la colpa.

Asia ha detto: Papà si è sempre fatto carico dei casini di mamma, ma ciò non toglie che ne ha combinati quanto lei.

Non riuscivo a credere a quello che sentivo; ma visto che Asia era in vena di rivelazioni ho pensato che fosse il momento buono per fare chiarezza nella nostra storia, lasciare emergere quelle questioni di cui non ero mai riuscito a parlare, porre quelle domande che non avevo mai fatto per paura delle risposte: Se amava mamma al punto da andare in prigione al posto suo, perché non è mai andato a cercarla? Perché non ha provato a convincerla a tornare a casa?

A dire il vero lo ha fatto.

Quando?

Quando ha scoperto dove si trovava.

Ho dilatato le pupille come un gatto per assorbire meglio la luce: E quand'è che ha scoperto dove si trovava?

Papà, nei primi mesi, non ha mai smesso di cercarla. Sí, certo, l'ha fatto a modo suo. Come fa lui le cose. Che sembra distratto, distaccato e tutto quanto. Sai com'è papà. È convinto che ognuno sia libero di giocarsi la propria vita come vuole. E se mamma aveva deciso di andarsene non poteva impedirglielo. Ma voleva sapere come stava. Farle sapere che la porta era aperta. Nient'altro. Anche quando si è fatto carico dei suoi casini, papà non l'ha mai *ricattata*. Capisci cosa intendo?

No.

Che non le ha mai detto cose tipo *io* ho fatto questo per te, *tu* devi fare questo per me. Lui si era comportato come riteneva giusto. Lei si sarebbe comportata come riteneva giusto. In ogni caso, per quanto ne so, ha continuato a cercarla. Per mesi. Finché a un certo punto è stata lei a farsi viva. Un anno dopo. Io avrò avuto dodici anni. Si era cacciata in qualche guaio e le serviva aiuto e sapeva che papà non gliel'avrebbe negato.

Quale guaio?

Non lo so. Non l'ho mai saputo. Credo avesse ancora a che fare con la droga.

E papà?

Cosa pensi? L'ha aiutata. E so che lei in quella occasione ha chiesto di vederci.

Voleva vederci?

Papà ha organizzato un incontro alla Tesoriera, ma lei non si è presentata. Tu non lo sapevi. Eri piccolo, doveva essere una sorpresa. E quando papà è andato di nuovo a cercarla lei ha detto tipo scusa scusa, che non se l'era sentita, che si era innamorata di un uomo, non si capisce se prima o dopo aver chiesto aiuto a papà, se prima o dopo aver chiesto di vederci, si era innamorata e non voleva farci soffrire, aveva paura di incasinare tutto, *rimescolare* tutto, e quindi preferiva farsi da parte. Ha detto che lo faceva per noi. Per il nostro bene. Asia ha bevuto un sorso di tisana, ha roteato gli occhi, ha bofonchiato: Che stronza.

Mi sono guardato le scarpe. Sulla punta del piede avevo una mosca. Ho mosso la caviglia ed è volata via.

Allora papà si è convinto che la faccenda era chiusa. Di averla persa per sempre. Lui avrebbe voluto far finta di niente, ma quella volta è stata dura. È stato quando ha accettato di fare il trasportatore, ti ricordi?

Quando ci raccontava degli incidenti in autostrada?

Degli incidenti, della maga che gli aveva letto il futuro nei fondi del caffè. Immagino fosse un modo per scappare. Dall'assenza di mamma. E forse da noi, che gliela ricordavamo. Anche in quel periodo è finito un paio di notti in cella. Ubriachezza, disturbo della quiete. A Taranto, se ricordo bene. È stato don Lino a darci una mano.

Ma... perché non ne sapevo niente?

Asia mi ha guardato dritto negli occhi: Perché siamo riusciti a nascondertelo.

Ho lasciato che quella affermazione si sciogliesse dentro di me.

Fra gli occhi di Asia si è formata una ruga minuscola che è subito scomparsa. Mi sono accorto che la musica che pioveva dal soppalco non c'era piú, e che l'aria della stanza era satura di un vapore doloroso, che galleggiava nel silenzio tagliato dal respiro nasale di Andrea. Asia si è sistemata il cuscino tra le gambe: Pochi mesi dopo sono cominciate ad arrivare delle cartoline. Cartoline postali, quelle che si mandavano una volta durante le vacanze, hai presente? Era mamma. Cosí, di punto in bianco. Diceva che stava bene, che si era sistemata in una casa che le piaceva tanto e ci invitava ad andarla a trovare. Ma la posta, lo sai, l'ho sempre ritirata io e, insomma, papà c'era rimasto cosí male l'ultima volta. Ho pensato fosse meglio nasconderle. Ma continuava a spedirne e io avevo paura di non riuscire a intercettarle tutte. Cosí un giorno ho deciso di rispondere. Ho scritto una lettera chiedendole di scegliere. Una volta per tutte. Era libera di fare ciò che voleva tranne che apparire e sparire come un'ulcera. Fossimo andati a trovarla avrebbe smesso di lampeggiare nelle nostre vite e ci sarebbe stata. Luce fissa. Ma se pensava anche solo lontanamente di svanire di nuovo, se in un acuto, casuale, momento di lucidità, riusciva a immaginare di poter andare via come aveva fatto la prima volta, e anche la seconda, allora che morisse per sempre e ci lasciasse alla nostra vita. Che di lei non restasse altro che il ricordo. È stato a quel punto, quando ho infilato la lettera nella busta, che mi sono accorta che non ci aveva mai dato l'indirizzo. Non c'era. Su nessuna delle cartoline. Voleva che andassimo a trovarla. E non ci aveva mai detto dove.

E poi?

E poi le cartoline hanno smesso di arrivare.

E prima ancora che dicessi: Stai dicendo cazzate – che era quello che avrei voluto dire, ciò di cui avrei voluto convincermi, perché se Asia mi aveva nascosto quella storia allora poteva avermi nascosto *qualunque* altra cosa; voleva dire che non potevo piú fidarmi di lei e di papà, e non potermi piú fidare di lei e di papà significava che non potevo piú fidarmi di nessuno – ecco, prima di riuscire a dire: Dimmi che ti sei inventata tutto, e chiederle perché, perché si era inventata quella storia assurda; prima che potessi anche solo dire *madre*, Asia ha posato sul tappeto la tazza calda della tisana che aveva tenuto in mano come un dio, uno qualunque, stringerebbe il mondo tra le sue, si è alzata ed è andata a prendere una piccola scatola di cartone. Era piena di documenti. Ha tirato fuori una busta arancione. Me l'ha passata. L'ho presa. L'ho aperta. Dentro c'erano delle cartoline, quelle turistiche di una volta, con il palazzo del Comune o la fontana degli alpini. Sette, per la precisione. E la firma, al fondo di ognuna, era la firma di nostra madre.

Non l'ho presa benissimo.

La prima cosa che è successa è che ho cominciato a grattarmi. Capita, quando sono agitato. Improvvisamente inizia a prudermi la testa, dietro le orecchie, il collo, e anche l'incavo del braccio, dove t'infilano gli aghi; gli occhi mi s'inumidiscono e mi viene voglia di correre. Era assurdo. Non sapevo cosa pensare. Anzitutto non sapevo cosa pensare di papà. Da un lato condividevo il suo punto di vista: la vita è tua, sei libero di essere ciò che vuoi e bla bla bla. Ma se una persona cui vuoi bene si sta facendo del male, che si fa? È ancora libera di fare quello che vuole? E se il male schizza come fango su di te e sulle altre persone che a quella persona vogliono bene? Come definire: *male*? E come: *libertà*? Mamma forse aveva bisogno di essere *piú* aiutata, *piú* riportata a casa. Aveva, Asia, il diritto di tenere all'oscuro papà? E di tenere all'oscuro me? Anche se quel ruolo non l'aveva scelto. Le era stato imposto. Dalla debolezza di nostro padre. O forse dal suo coraggio. Mi sono chiesto se mio padre fosse un debole o, al contrario, il piú valoroso di tutti. Era vero che a un certo punto ci aveva relegato alla periferia del campo visivo perché gli ricordavamo lei – perché gli ricordavamo mamma?

Non ricordo com'è andata. Mi sembrava di aver capito e di non voler capire e di non aver capito niente. Tutto allo stesso tempo. Ricordo che a un certo punto io stavo gridando, Asia stava gridando, Andrea è sceso dal soppalco per farci smettere di gridare e io l'ho spinto contro il tavolo; ho afferrato la busta arancione, con le cartoline, ho preso la porta e me ne sono andato.

Non so se c'è un'età della vita in cui, piú che in altre, la risposta ai problemi è la fuga. Io, per conto mio, posso dirvi che mai, come quella notte, ho giocato con quella soglia pericolosa che separa la confusione dalla disperazione. Sono corso via, malfermo, e la città mi ha accolto ancora una volta, e ciò che piú desideravo era fondermi con lei. Non mi sono diretto a casa di Viola. Troppa rabbia nelle ossa. Ho camminato fino al parco Dora, un posto dove prima c'era un'acciaieria, dove c'erano forni di ghisa e laminatoi, e dove adesso, tra i mostruosi pilastri d'acciaio che sostenevano la volta dei capannoni, si fa *parkour*, si va sullo skate e si cerca di fare pace con i propri demoni. Era giugno e si stava bene, anche se come al solito i lampioni coprivano le stelle. Non c'era nessuno. Ho fatto finta di essere l'ultimo ragazzo sulla Terra. Ho sentito il rimbalzo di un pallone da pallacanestro, lontano. Un cane che abbaiava. Mi sembrava di sentire ogni voce della città, ogni sospiro, ogni pianto.

All'alba un gatto è venuto ad annusarmi i lacci delle scarpe. Quando ho aperto gli occhi è scappato. Tra le mani avevo la busta con le cartoline di mamma. L'ho infilata in tasca. Il sole si rifletteva nei vetri ai piani alti dei palazzi. Mi sono sciacquato la faccia a una fontana e sono tornato a casa; la *mia*, non quella di Asia. La porta era chiusa e sembrava non fosse successo nulla, ma quando l'ho aperta c'era il casino della sera prima cosí come l'avevo lasciato: cocci di vetro e di ceramica, pavimento appiccicoso macchiato di vino, sedie all'aria. Non sapevo cosa fare. Non avevo voglia di vedere Asia né papà. Mi sono cambiato la maglietta, ho preso la bici in cortile e ho pensato che l'unica persona che avevo voglia di vedere era Viola.

Io di solito, pedalando, mi scrollo di dosso il malumore, come fanno i cani che si scuotono per asciugarsi. Quel giorno però mi sono reso conto che non avrebbe funzionato, perché come si dice, la mente batte dove il cuore duole – o una cosa cosí. E non riuscivo a smettere di pensare a tutto ciò che papà e Asia mi avevano tenuto nascosto. Che non erano *menzogne*, perché io non avevo chiesto nulla. Ma era peggio. Perché mi avevano impedito di fare le domande. E non c'è niente di peggio che non sapere e non sapendo non poter chiedere. Mi avevano trattato come fossi incapace di capire e cosí facendo avevano permesso che io trovassi risposte plausibili alle domande sbagliate e il fatto, ecco, è che tutto, nella vita, parte da quello: dalle domande.

Ho suonato il campanello a casa di Viola che saranno state le nove. Non ha risposto nessuno. Ho pensato a dove poteva essere e mi è venuto in mente che di tanto in tanto si trovava con delle amiche a fare colazione al *Caffè Elena*, in piazza Vittorio. Ho attraversato il ponte e le ho viste da lontano, sedute ai tavolini del dehors con i piccioni attorno. Poi però avvicinandomi mi sono accorto che, sí, una era Viola e l'altra, sulla destra, Leila, quella del costume da pattinaggio, ma che il terzo era un ragazzo; che aveva allungato il braccio sullo schienale della sedia di Viola. E anche se ero ancora a un centinaio di metri mi sono reso conto che con la mano le stava toccando la spalla e che stava muovendo le dita, sfiorandola, *accarezzandola*, senza che lei dicesse nulla.

Sono sceso dalla bici di corsa, senza *propriamente* fermarmi, e la bici ha sbattuto contro un dissuasore di cemento con un rumore di sdegno e ferraglia. Viola e gli altri si sono voltati.

Che cazzo stai facendo?

Si sono guardati tra loro, senza capire.

Sto dicendo a te – ho indicato il ragazzo – che stai facendo con la mano?

Viola e il ragazzo si sono alzati. Lui ha cercato di dire qualcosa. Non so cosa. Ma io sapevo già cosa stavo per fare e che l'avrei fatto qualsiasi cosa avesse detto. Mi restava solo lei. Non potevo permettere che me la portassero via. Non l'avrei lasciata libera. L'avrei difesa e tenuta con me come mio padre avrebbe dovuto fare con mamma. È per questo che sono andato addosso al ragazzo e l'ho colpito con un pugno in faccia. Lui è crollato sul tavolino facendoci sopra una mezza capriola e tirandosi dietro cappuccini e brioche. Ha battuto una spalla a terra, ma è riuscito a proteggersi la testa. Ha mugugnato per il dolore.

Viola si è messa in mezzo, per allontanarmi, spingendomi con le mani aperte e colpendomi al petto, gridando: Ma che cazzo fai sei impazzito cosa ti prende?

Non riuscivo a dire nulla.

Viola ha urlato: Allora?

Ho indicato il ragazzo che si stava alzando e che sanguinava dal naso.

Lei ha gridato: È mio fratello.

Dalla caffetteria sono usciti due camerieri. Solo allora mi sono accorto che attorno c'era altra gente. Alcuni si erano alzati e allontanati. Ci stavano guardando. Ho pensato: *Michele*. Il fratello che era negli Stati Uniti, in Texas, a fare il quarto anno di liceo. L'avevo visto in foto. E a pensarci era vero. Era lui. Ma nella foto aveva i capelli piú lunghi e... non so. Piú chiari forse. O piú scuri. *Non era piú basso?*

I camerieri sono arrivati chiedendo cosa fosse successo. La principessa Leila, divertita, ha detto: Quell'idiota ha scambiato il fratello della mia amica per uno che ci stava provando. Ma era l'unica che stava ridendo. Un cameriere ha chiesto a Michele se si era fatto male e lui ha bofonchiato che no, stava bene, ma poi ha fatto una smorfia di dolore quando si è toccato il labbro. L'altro ha detto: Ti porto del ghiaccio. Viola continuava a fissarmi; sono scivolato sul suo sguardo. Ho chiesto scusa con un filo di voce. Ho fatto un passo verso Michele che è indietreggiato; e indietreggiando quasi inciampava e cadeva di nuovo.

Leila ha riso. Non mi ero mai sentito cosí imbarazzato, e il fatto è che la vergogna, a volte, è una sensazione definitiva: sembra impossibile poter rimediare, impensabile poter tornare indietro. Avrei voluto esplodere – anzi, no, esplodendo avrei fatto altri casini, tipo impiastricciare la piazza di sangue. Avrei voluto dissolvermi, svanire: come Obi-Wan Kenobi quando viene ucciso da Darth Vader. Mi sono mosso lentamente sperando che gli altri non lo notassero, che non si accorgessero che me ne stavo andando. Avevo paura della loro reazione. Ma quando ho capito che nessuno si sarebbe avventato su di me, per trattenermi o chessò io, ho raccolto la bicicletta, ci sono salito sopra, e sono incespicato via.

# Quattro

Ricorda, Luke: la Forza sarà con te, sempre.

OBI-WAN KENOBI

Ed è stato come rotolare giú da una pietraia, che è una cosa che una volta mi è successa: cadi, cerchi di aggrapparti, ma le pietre cui ti afferri sono denti marci e saltano via; ti franano attorno e addosso e sono quelle a farti male. È stato lí che ho pensato di andare a cercare mia madre. Non subito, beninteso. Prima sono rimasto non so quanto seduto su di un sasso al parco del Valentino, a farmi carezzare le guance dal vento e a guardare una colonia di formiche depredare i resti di un panino al formaggio, cercando di mettere ordine fra le macerie delle ultime dodici ore. Ma non riuscivo a cavarci niente di buono, non capivo come ogni cosa potesse essere esplosa in quel modo. E non capirci niente per non capirci niente ho pensato che tanto valeva prendere in mano il passato e arrivare lí dove l'acqua sgorga dalla roccia senza farmi teleguidare in modo occulto da ciò che Asia aveva deciso di dirmi o non dirmi o dai casini di papà. E poi volevo mettere la maggiore distanza possibile tra me, Viola e suo fratello.

Ho estratto le cartoline di mamma e mi sono messo a studiarle. Erano sette. Arrivavano da tre posti diversi. Due da Pinerolo, una dalla Val Chisone e quattro da Erta. Io non sapevo dove fosse Pinerolo; non sapevo dove fosse Erta; non sapevo dove fosse la Val Chisone. Ho lasciato il parco e ho spinto la bici lungo il corso. Non sapevo da dove iniziare; forse conveniva andare nel paese cui facevano riferimento la maggior parte delle cartoline: Erta. Ho visto una signora dall'aspetto rassicurante uscire da una pasticceria, pescava minuscoli biscotti da un sacchetto di carta. Con il dorso della mano ho strofinato via dagli occhi un po' di tristezza, ché certe persone quando ne vedono troppa si spaventano, mi sono avvicinato, ho detto: Mi scusi, mi sa dire come posso raggiungere Erta?

La signora mi ha scrutato per alcuni istanti, la bocca aperta e un biscotto tra le dita, poi ha rimesso il biscotto nel sacchetto: Scusa?

Erta.

E dove si trova?

Ho inarcato le sopracciglia, ho detto: Se lo sapessi non glielo chiederei.

Hai qualche altra indicazione?

Conosce la Val Chisone?

Sí.

Forse è in Val Chisone. Pinerolo è in Val Chisone?

Da quelle parti, ha detto la signora. Per andare in Val Chisone si passa da Pinerolo.

Ed è lontana?

Dipende.

Da cosa?

Da come ci vai.

Ho pensato che non avevo soldi e non potevo comprare biglietti di nessun tipo. Ho detto: In bici.

Ha strizzato gli occhi: Davvero vuoi andare in bici?

Perché?

Con la bici è *molto* lontana.

Quanto?

In chilometri?

Ho scosso le spalle: O in metri. Poi dividiamo.

Mi stai prendendo in giro?
Ho detto di no, che non ero dell'umore adatto.
In macchina ci si mette quaranta minuti, forse un po' meno.
Occhei.
Scusa se te lo chiedo, ma perché devi andarci? E perché in bici?
Mi sa indicare la direzione?
Da qui?
Sí.
No.
Grazie, ho detto, è stata molto gentile.

Prima di trovare una persona che sapesse indicarmi con precisione la strada ho chiesto ad altre quattro persone: a spiegarmela è stato un anziano seduto alla fermata dell'autobus. A lui, per evitare divagazioni, non ho detto che volevo andarci *subito*, ho detto che era una curiosità. Mi ha spiegato che la cosa migliore era seguire per la Palazzina di Caccia di Stupinigi – ha indicato la direzione con il dito e snocciolato una serie di svolte – e da lí, dalla Palazzina di Caccia, per Pinerolo. Ha aggiunto che da qualche parte, non lontano dalla provinciale, doveva esserci una ciclabile, ma che non sapeva dove. L'autobus è arrivato. Mentre aspettava che la gente scendesse ha gettato un occhio alla bici e ha detto: Non vorrai andarci con quella?
No, certo.
Mi ha sorriso e mi ha augurato buona gita.
Mi sono guardato attorno. Erano le dieci del mattino, il sole era caldo, e sono stato investito dalla consapevolezza che nessuno stava pensando a me. C'era chi traslocava, chi collegava il cellulare agli auricolari del casco prima di accendere il motorino, chi portava i figli all'asilo; un ca-

mion dell'immondizia stava svuotando un bidone – vetri infranti; una donna dai capelli bianchissimi ha lanciato del pane a un gatto nascosto sotto una macchina. Non esistevo. A nessuna di quelle persone importava cosa facessi. Cosí, prima lentamente, poi con sempre maggiore foga, ho iniziato a lavorare sui pedali. Ho attraversato la città in direzione delle montagne seguendo le indicazioni del vecchio, finché le case non hanno cominciato a diradarsi. Ho raggiunto la Palazzina di Caccia di Stupinigi e c'ho girato intorno; poco dopo sono apparsi i primi campi di grano che il sole rendeva gialli e croccanti.

Ho iniziato a sudare e il sudore mi ha svuotato la testa. La catena grattava ogni mezzo giro e macchiava i jeans sulle caviglie mentre mosche e moscerini ronzavano sulla fronte; le gocce aggiravano le sopracciglia e facevano bruciare gli occhi. Guardandomi attorno in cerca della ciclabile ho pedalato lungo la provinciale, radente al canale d'irrigazione che separava la strada dai campi. Lo spostamento d'aria provocato dalle auto e dai camion mi faceva tremare le braccia. Mi colava il naso. Ho tappato una narice, poi l'altra, e sporgendomi dalla bici ho soffiato via il muco. Mi sono concentrato sullo scricchiolio del pietrisco sotto le ruote, il fruscio del vento nelle orecchie. A sinistra c'erano alberi dai tronchi sottili piantati in file regolari, a destra il grano, e oltre il grano una doppia linea di colline boscose, di un verde intenso. L'azzurro del cielo sembrava tirato con la spatola e c'era una sola nuvola, compatta, che sostava sulla perpendicolare di un campanile che si ergeva dietro a mucchietto di case. La perfezione del momento era tale che nonostante tutto quello che era successo nelle ultime ore mi sono sentito travolgere da un'ondata di fiducia. Ero consapevole di essere *lí* e stranamente ero felice di esserci.

È stato a quel punto che si è bucata la gomma.

È stato un attimo: un secondo prima tagliavo la campagna gobbo sul manubrio per opporre meno resistenza possibile e un istante dopo la ruota, quella dietro, ha cominciato a tremare; ho sentito fregare contro il cerchione e l'attrito è risalito lungo la forcella e il piantone posteriore. Ho frenato e ho messo un piede a terra; mi sono girato a controllare. La gomma era completamente sgonfia.

*Merda.*

Mi sono guardato attorno: ero circondato da campi, cascine lontane, fabbriche di mobili. Una lucertola è corsa verso il fossato e ci si è gettata con uno slancio furibondo. Sono passate due auto, un furgone e una moto, uno dietro l'altro. Sono sceso e ho lasciato cadere la bici; mi sono chinato per capire se trovavo il buco. Il flusso di mezzi si è interrotto e per un po' non è passato nessuno; inginocchiato nel terriccio ho tastato il copertone finché non ho sentito qualcosa di pungente e metallico sotto il polpastrello, un chiodo, o una scheggia, non si capiva. In ogni caso, ho deciso di lasciarlo stare; anche l'avessi estratto non avrei saputo che farci. C'era un gran silenzio – si sentivano i grilli e il latrato distante di un cane. Ho pensato che potevo abbandonare la bici e proseguire a piedi o sedermi e aspettare che passasse qualcuno in grado di aiutarmi. Mi dispiaceva separarmi dalla bici, temevo che se l'avessi lasciata non l'avrei piú trovata. Cosí ho deciso di attendere aiuto. Mi sono seduto a terra a gambe incrociate e subito una mosca ha iniziato a girarmi attorno. Per qualche motivo mi è venuto in mente che mancavano dieci giorni al mio compleanno – *quindici anni* – e nonostante avessi, in quel momento, ben altri problemi, mi sono chiesto dove lo avrei festeggiato, e con chi, e se per la prima volta mi sarei perso i fuochi d'artificio di San Giovanni.

*I fuochi d'artificio.*

Ho sfiorato la bicicletta con le dita e dalla memoria è emerso un ricordo risalente a quattro anni prima.

Papà si era svegliato verso l'ora di pranzo dopo essersi addormentato nella vasca al rientro da uno dei suoi giri. Che si addormentasse nella vasca era una cosa che capitava spesso a quei tempi – non ho mai capito perché – e io e Asia avevamo imparato a usare il bagno senza svegliarlo. Fatto sta che stavamo finendo di pranzare, in televisione c'era un documentario sui vulcani e il sole di giugno ritagliava l'ombra delle foglie sulla finestra. Papà è apparso sulla porta strofinandosi l'asciugamano sulla testa – si era fatto la doccia – si è bloccato e ci ha osservato con attenzione: Perché non siete a scuola?

Asia ha detto: Forse perché è finita?

Quando?

Tre settimane fa.

E siete stati promossi?

Sí.

Chi ha ritirato le pagelle?

Marcello, ho detto io tagliando una fetta di torta all'ananas.

Marcello chi?

Il padrone del *Barzagli*.

Papà ha fatto la faccia stropicciata: Quello con le schifezze sulle braccia?

Asia si è versata del succo di mela: Con la delega che *tu* hai firmato.

Papà ha sgranato gli occhi: E quando l'avrei firmata la...? Poi ha visto la torta all'ananas e si è stupito ancora di piú: Perché c'è una torta in tavola? Infinc si è accorto delle candeline: Di chi è il compleanno?

Ho alzato la mano mordendo la fetta di torta, rapito dalle immagini dell'esplosione del vulcano Tungurahua in Ecuador. Un uccellino si è posato sul davanzale, ha pigolato ed è volato via. Papà non si è mai ricordato dei compleanni. Mai. Non uno. Ci eravamo abituati e non glielo facevamo piú notare: se se ne accorgeva bene, altrimenti pazienza. Anche perché, dopo essersene accorto, di solito sbraitava che il tempo era una merda, che passava troppo in fretta e che i compleanni erano un festeggiamento borghese fatto per chi non aveva paura del futuro. E quel giorno, lí per lí, la reazione è stata quella. Ha chiesto che giorno era. Asia gli ha detto che era il 24 giugno e che il mio compleanno era il 24 giugno da quand'ero nato. Ha contato gli anni sulle dita e ha chiesto se ne compivo undici. Ho confermato. Ha bofonchiato qualcosa di incomprensibile, ha strappato un pezzetto di crosta della torta, ha indossato il gilet da pescatore, ha setacciato le tasche in cerca delle sigarette ed è uscito con un'aria strana sulla faccia.

Io ho continuato a guardare il documentario sui vulcani. Asia ha preso tre bollette appese con le puntine all'anta della credenza e incolonnando le cifre ha fatto il conto di quanti soldi servivano entro le scadenze – e non erano pochi. Ha chiesto: Hai qualcosa da vendere?

Ho fatto segno di no con il dito mentre un fiume di lava incandescente invadeva la spiaggia ed entrava in mare facendo evaporare l'acqua. Ho detto: Posso chiedere all'impagliatore se ha bisogno. L'impagliatore era un vecchio artigiano, aveva il negozio sul corso e impagliava sedie e ceste e altra roba; aveva le nocche artritiche che gli facevano male e di solito era contento se passavo ad aiutarlo. Non che avesse granché da fare, ma avermi attorno gli piaceva; e le mie dita piccole e ferme facevano il suo lavoro in metà del tempo.

Asia ha aggiunto che avrebbe fatto un salto da don Lino a vedere se riusciva a mettere le mani su qualche offerta, una di quelle buste che le persone di buon cuore lasciavano nella cassetta. E cosí siamo rimasti lí a chiacchierare di vento e coriandoli, a sentir parlare di caldere e di colate e a spiluccare pezzetti di ananas dalla torta, quando la porta si è spalancata. Papà ha sporto la testa. Ha sbirciato dov'eravamo. Ha sorriso. Si è ritratto ed è apparsa una ruota. Poi un manubrio, un sellino – un'altra ruota. Una bicicletta. Della mia misura. Sono saltato dalla sedia.

Regalo, ha esclamato papà.

Non ci potevo credere: Allora te lo sei ricordato.

Lo dici come fosse la prima volta.

*È* la prima volta.

Si è avvicinata anche Asia. Ha carezzato il manubrio: Dove l'hai presa? Costa un sacco di soldi una bici cosí.

Ma che domande fai? È un regalo. Non si chiede il prezzo di un regalo.

Posso uscire?

Pensi di usarla in casa?

Non avevo mai avuto una bicicletta. Un triciclo, sí. Rosa. Di mia sorella. Poi piú nulla. Ad andarci, in bici, mi aveva insegnato papà, ma con quella del figlio di un vicino che poi si era trasferito. Ricordo che mi aveva portato al parco del Valentino. Aveva cercato una discesa che secondo lui avesse le qualità necessarie, mi aveva detto di salire sulla bicicletta – avrò avuto, chessò, cinque anni – e una volta sopra, il tempo di stringere il manubrio, mi aveva spinto giú. Ero riuscito a mantenere l'equilibrio per una decina di metri, forse meno, quindi nel tentativo di frenare ero andato in derapata e mi ero accartocciato sul cemento, sbucciandomi un gomito e raschiando la spalla. Era luglio. Ero in pantaloncini e maglietta. Fosse stato novembre, col rischio di strappare i jeans o il giubbotto, papà sarebbe stato piú accorto. Ero sul punto di scoppiare a piangere, ma appena mi ero sollevato da terra avevo sentito battere le mani e urlare: Grande, ragazzo, grande, c'è mancato un soffio, dài che riproviamo, dài. Sigaretta tra le labbra, in cima alla salita, papà mi invitava a tornare su con ampi gesti delle braccia. Avevo pinzato la manica della maglietta con due dita, tirandola per far prendere aria alla spalla graffiata, avevo ingoiato le lacrime, raccolto la bici, e lo avevo raggiunto. Ero caduto centinaia di volte. Ero andato a sbattere contro un albero. Avevo quasi ucciso un cane. Ma lui ogni volta mi incitava con piú convinzione, senza metodo, senza strategia, se non la piú assoluta fiducia in me e nel fatto che prima o poi ci sarei riuscito, che da un momento all'altro avrei fatto mia la dinamica del gesto e sarei partito, pedalando verso l'infinito, fino a sorprendere me stesso.

Cosí ho preso la bici e l'ho trascinata giú per le scale. C'ho fatto il giro del quartiere. Sono passato a salutare Marcello, al *Barzagli*, che era aperto anche se era festa. Ho raggiunto il parco Ruffini, ho girato attorno al palazzetto dello sport e allo stadio con la pista di atletica. Sono tornato indietro passando davanti alla scuola sperando che ci fosse qualcuno, chessò, un compagno, un professore, anche solo un bidello che mi vedesse e mi chiedesse che ci facevo lí, con quella bici che sembrava uscita dal paradiso. Ma dovevano essere tutti a festeggiare, perché non ho incontrato nessuno. Finché dalle parti di piazza Robilant, finalmente, un ragazzino poco piú grande di me, pantaloncini corti e maglietta della Spagna, mi ha messo gli occhi addosso. Ha guardato la bici cosí come speravo la guardasse e ha visto la meraviglia che ci vedevo io, la bocca spalancata, occhi tondi come albicocche e in mano un gelato che si stava squagliando e gocciolava sul polso. Allora ho fatto un secondo giro attorno alla rotonda avvicinandomi in modo che potesse ammirarmi con maggiore comodità.

È stato quello il momento in cui l'ho sentito urlare: Papà! Papà! Eccolo. Corri. La mia bicicletta.

Papà – il *mio* – gliel'aveva rubata poco dopo essere uscito di casa. Quello che abbiamo scoperto dopo, dal racconto del padre del ragazzino, è che erano entrati dal giornalaio a comprare «La Stampa» e un fumetto, ma quando erano usciti la bici non c'era piú – scomparsa. Nessuno aveva visto nulla. Nessuno aveva sentito nulla. Avevano battuto ogni angolo del quartiere finché non si erano arresi, e per consolare il figlio il padre l'aveva portato in gelateria, in piazza Robilant, dov'ero apparso io.

Papà ha dato la colpa a me, com'è giusto. Non poteva certo ammettere di averla rubata lui. C'era di che andare in prigione. O forse no, non lo so. A ogni modo, avessero scoperto che era stato lui sarebbe successo un finimondo. Nel mio caso, invece, era sufficiente uno scappellotto coreografico e l'elenco delle nostre sventure – *Sono disperato. Sua madre ci ha lasciato. È il suo modo di esprimere il dolore* – seguito dalle necessarie promesse di redenzione.

Passi piú tempo con lui, ha detto il padre del ragazzino.

Siamo insieme dal mattino alla sera.

Si faccia aiutare.

E da chi? Don Lino è un secondo padre, ma a lui servirebbe una madre.

Capisco.

Le chiedo scusa, ha detto papà. Sono costernato.

Succede.

Come posso sdebitarmi?

Non c'è bisogno.

Forse una bottiglia, in cantina...

Ma no, non è necessario. L'uomo ha scompigliato i capelli al figlio. Piuttosto non si arrenda. E tu... ha detto a me. Tu... Mi ha studiato indeciso se recitare la parte dell'autorità o sorridermi in segno di fiducia. Ha mosso le labbra ma non gli è venuto in mente nulla, cosí sulla faccia gli si è disegnata una smorfia indulgente che sembrava avesse succhiato un limone. Mi ha mollato un pugnetto d'incoraggiamento. Il figlio mi si è accostato con un sorriso gentile e ha sussurrato: Se ti incontro sei morto. E sono andati via.

Quella sera, come ogni 24 giugno, io e Asia abbiamo preso l'autobus e siamo andati in piazza Vittorio a vedere i fuochi d'artificio. Ma anche se la città intera si era riunita per festeggiarmi io ero triste, triste come non mi ero mai sentito in tutta la vita. È incredibile quanto una folla di persone possa farti sentire solo, piú di quanto ti sentiresti se te ne stessi seduto sul letto a gambe incrociate, a parlare con i mostri nei muri. Dopo i fuochi, Asia ha proposto di fare una passeggiata lungo il fiume. Lei capiva il mio stato d'animo e sapeva mettere un cerotto sui pensieri che sanguinavano. Siamo scesi ai Murazzi, dove un secolo fa c'erano gli approdi e le rimesse per le barche, e ora locali e aule studio, e gente che piscia o si bacia. C'erano un sacco di persone allegre. Ragazzi, anziani, bambini che correvano e mamme che gridavano di fare attenzione. Chi beveva, chi si teneva per mano, chi chiacchierava. I lampioni si riflettevano nell'acqua scura e grassa del Po che attraversava la città. Ehi! ha detto Asia, mi ha strattonato e ha indicato un punto sotto gli alberi: una lucciola svolazzava tra gli arbusti. Non avevo mai visto una lucciola dal vivo. Mi sono avvicinato e mi sono seduto sui talloni, ho chiesto: Ma com'è che funziona?

Asia si è acquattata al mio fianco: Non lo so. Credo sia una roba chimica che ha a che fare con la riproduzione.

Con cosa?

Il sesso.

Ah!

...

Sei sicura?

L'ho studiato in Scienze.

Perché è da sola?

Non è da sola. Guarda lí.

Mi sono voltato e alla nostra destra ce n'erano altre cinque che fluttuavano attorno a un cespuglio; disegnavano traiettorie imprevedibili e si accendevano e si spegnevano nello stesso momento. Poi, come a un segnale convenuto, si sono allontanate in direzione del fiume. Le abbiamo viste danzare sull'acqua e lí per lí ho pensato che al mondo c'è tanta di quella magia che, accidenti, ci si potrebbero caricare tutti i cellulari, gli apparecchi acustici e gli spazzolini elettrici del pianeta; e scavare buchi per vedere agli antipodi; essere tanto ricchi da passare le giornate a dire *ti voglio bene* a quelli a cui si vuole bene, a far visita agli amici e ad assegnare una forma alle nuvole. Insomma, fare solo le cose che contano.

È stato a quel punto che ho chiesto: Sarà cosí per sempre?

Asia ha chiesto: Cosa? E ha continuato a seguire il volo delle lucciole.

Papà.

Ha scosso le spalle: Papà è papà.

Era cosí anche prima che mamma andasse via?

Sí.

Quindi sarà sempre cosí.

È probabile.

E noi?

Cosa?

Diventeremo come lui?

No.
E come facciamo?
Basta comportarsi in modo diverso.
Io non voglio comportarmi in modo diverso.
Allora non vuoi essere diverso da lui.
Non so. Forse no.
E allora di cosa ti preoccupi?
Del fatto che forse non voglio essere diverso da lui.
...
...
Sei strano, ha detto Asia.

Il rumore di un motore mi ha raggiunto alle spalle, da sinistra. Un vecchio pick-up risaliva una sterrata, a un centinaio di metri, dentro i campi. Mi sono tirato su, ho asciugato il sudore e ho sventolato le braccia. Prima di svoltare sulla provinciale il pick-up si è fermato. Al volante c'era un uomo con un cappello. Ha abbassato il finestrino e con uno scatto del mento ha chiesto cosa volevo.

Ho urlato: Ho bucato.

L'uomo ha spento il motore ed è sceso. Si è avvicinato camminando come non avesse nient'altro da fare, ha sputato per terra e ha scavato tra i denti con un dito: Allora?

Ho bucato.

Si è chinato sulla ruota e l'ha studiata con il pollice. Aveva le mani solcate da rughe profonde, le unghie sporche: Dove stai andando?

A Erta.

Si è sollevato il cappello dalla fronte e mi ha guardato dal basso verso l'alto: A Erta?

Sí.

Si è grattato il mento: La ruota è andata.

Lo immaginavo.

Non hai niente per ripararla?
No.
Dove abiti?
A Torino.
Stai andando a Erta da Torino?
Sí.
Con questa?
Ho annuito.
Ha fatto una faccia stupita, forse ammirata – o cosí mi è sembrato. Ha guardato l'orologio, poi ha detto: Io non posso portarti fino a Erta.
Dove può portarmi?
Ti posso lasciare alla stazione di Pinerolo. Da lí parte la corriera. O ti fai venire a prendere.
La corriera per Erta?
La corriera per Erta, certo.
Ho pensato che non avevo soldi ma non avevo neppure un'altra soluzione, cosí ho accettato. Abbiamo caricato la bici sul cassone del pick-up. L'abitacolo puzzava di animali. Anche l'uomo puzzava di animali. L'autoradio era sintonizzata su un programma di approfondimento politico: un uomo e una donna parlavano di pensioni e riforme sociali. Dal retrovisore pendevano fischietti di ogni tipo: di plastica, di metallo, bitonali. Ce n'era uno a forma di canoa e un altro che sembrava una tenda indiana. Li ho sfiorati con la punta delle dita.
Li colleziono, ha detto l'uomo.
E li usa?
Dammi del tu.
E li usi?
Capita. Con le bestie.
La donna alla radio ha detto qualcosa che ha attirato la sua attenzione. Ha alzato il volume. Da quel momen-

to non abbiamo piú parlato. Lui immerso nell'ascolto, io nei miei pensieri. Ho pensato che stavo facendo tutto quel viaggio, quella fatica, per raggiungere un posto in cui non ero neppure sicuro mia madre abitasse. Non avevo un indirizzo. Non avevo nulla. Poteva non essere Erta il posto di cui parlava nelle cartoline. Non avrei saputo dire se avevo piú paura di trovarla o di non trovarla. Ma mettiamo, *ipotizziamo* che l'avessi trovata: cosa le avrei detto? Come l'avrei salutata? Che faccia avrebbe fatto? Avrei voluto chiedere all'uomo quanto mancava, ma lui aveva gli occhi fissi sulla strada, la testa chissà dove. Mi sono accorto che tra i fischietti c'era un crocifisso di legno; il braccio orizzontale era macchiato di vernice mentre quello verticale era consumato alla base come i piedi delle statue, quelli che la gente strofina convinta di ricavarne fortuna.

Quando mi sono ritrovato da solo alla stazione di Pinerolo, quando si è posata la polvere sollevata dal pick-up, quello che ho fatto, anzitutto, è stato legare la bici a una rastrelliera. Ce n'erano una decina, di bici, alcune molto piú belle e nuove della mia, cosí ho sperato che se a qualcuno fosse venuto in mente di rubarne una ne avrebbe scelta un'altra; io prima o poi sarei passato a recuperarla. Sono andato in biglietteria a chiedere informazioni sulla corriera e mi hanno detto di andare a chiedere al bar tabacchi, al bar tabacchi ho scoperto di dover prendere il bus verso Sestriere. Erta era la terza fermata; un quarto d'ora di strada. Un euro e novanta il biglietto. Mi sono stupito perché pensavo fosse piú caro; ho setacciato le tasche dei jeans e ne ho ricavato un euro e venti. *Cazzo*, ho pensato. Mi sono accostato a un signore che prendeva il caffè vicino alla finestra leggendo il giornale, ho provato a spiegargli dove dovevo andare e se aveva settanta centesimi per aiutarmi a comprare il biglietto, ma lui mi ha risposto di sparire e che quel trucco era vecchio e con lui non funzionava. Gli ho detto che non era un trucco, ma lui ha girato pagina e non ha piú parlato.

Sono uscito. Sedute su una panchina ho notato due suore, una giovane e una anziana; parlavano a bassa voce di qualcosa che pareva coinvolgerle molto. Vi chiedo scusa, ho detto.

Si sono zittite e hanno alzato gli occhi. La giovane era molto bella. Quella anziana mi ha scrutato da sopra gli occhiali; aveva un cerotto sulla fronte.

Ho detto: Io… sono davvero imbarazzato, ma ho combinato un pasticcio.

La giovane ha fatto una faccia dolce e preoccupata che mi ha fatto battere il cuore e mi ha chiesto cosa fosse successo. L'anziana ha strizzato gli occhi come per leggermi dentro.

Sapevo che in questi casi una mezza ammissione di colpa fa piú effetto che una storia fatta di sola sfortuna, tipo: ho perso i soldi, me li hanno rubati eccetera; cosí ho detto: Nulla, è che sono un idiota. Ho fatto male i conti e pensavo di avere ancora un euro e novanta per il biglietto per Erta e invece ho solo un euro e venti. Ma è colpa mia. Ho preso una Coca convinto di avere ancora due euro da parte e invece li avevo usati ieri. Ora però non so come fare. Non ho neppure un cellulare per chiamare mia nonna e avvisarla. E in ogni caso anche se la avvertissi lei non guida e non saprei come raggiungerla.

Quindi stai dicendo che ti mancano settanta centesimi?

Esatto.

La suora giovane ha sorriso, l'anziana ha grugnito; ma non era un grugnito cattivo. Si sono scambiate uno sguardo, poi la giovane ha allungato la mano, il palmo verso l'alto e ha detto: Dammi il tuo euro e venti. Essendo una suora ho pensato di potermi fidare – se fosse scappata l'avrei comunque raggiunta – cosí le ho dato i soldi. Hai detto Erta? ha chiesto di nuovo.

Ho fatto segno di sí.

Lei si è alzata, è andata in cassa, ha fatto il biglietto e me lo ha consegnato.

Non so come ringraziarla.

La suora ha detto: Ricordati che devi settanta centesimi a qualcuno.

A chi?

A chi vuoi tu.

Erta è un paese di quattrocento abitanti. Si chiama Erta proprio perché è nato lí dove la piana si solleva, appena prima di assumere la forma delle montagne e di trasformarsi nella Val Chisone. C'era un cementificio, che adesso è chiuso, e un birrificio artigianale, che continua a dare lavoro a una quindicina di persone. Somiglia a una di quelle scenografie dei film, con le facciate delle case puntellate dalle travi, una via principale che porta dentro e fuori; una piazzetta con la chiesa e il municipio; due bar, una macelleria e un alimentari generico che fa anche da tabaccaio e da giornalaio. Ma ficcando il naso dietro la via principale si aprono dei cortili e dentro i cortili nuove costruzioni – spesso fienili ristrutturati, altre volte fienili e basta. Da una parte, il paese dà sul rilievo della montagna e sui boschi; dall'altra, sulla piana che scende a Torino. Poi ci sono alcune case che sembrano espulse dal centro abitato, in direzione del torrente, dove il cadavere del cementificio è lasciato a deteriorarsi. Il birrificio, invece, è accostato alla montagna; prende l'acqua da una fonte che, a detta di alcuni, è il vero segreto della birra.

Queste sono le cose che so adesso.

Quando quel giorno sono sceso dalla corriera nella piazza del paese, a destra la parrocchia, a sinistra il municipio, non sapevo ancora niente. Soprattutto non sapevo cosa fare. Nella piazza c'era una fontana, quattro alberi, due panchine di legno e cemento. Un bar all'angolo. Sul balcone del municipio sventolava la bandiera dell'Italia e fuori dal bar una che non avevo mai visto, una croce gialla su sfondo rosso e una stella in alto a destra. Mi sono guardato attorno, sperso; non c'era neppure una testa d'uomo. Sono andato al bar. Quando ho aperto la porta il mio ingresso è stato accolto da un tintinnio di conchiglie. Era buio, perché io arrivavo dalla luce violenta del giorno e perché le finestre erano tappezzate di adesivi e volantini. I muri erano perlinati, c'era una slot-machine nell'angolo e niente musica. Seduto al bancone un ragazzo poco piú grande di me parlava con una donna che poteva essere sua madre che nel frattempo asciugava dei bicchieri e li appendeva a testa in giú a una rastrelliera. I due hanno continuato a chiacchierare, finché la donna non mi ha scrutato come per mettermi a fuoco e ha detto: Serve qualcosa?

Devo essere rimasto in silenzio per un tempo insolito, perché ha posato sul bancone il bicchiere che stava asciugando e ha scambiato un'occhiata con il ragazzo che a quel punto si è voltato ruotando sullo sgabello. Cosa aspettavo? Non erano molte le cose da chiedere. Anzi. Ce n'era solo una. Dovevo pronunciare il suo nome ed eventualmente descriverla; descrivere la donna che avevo conosciuto fino a dieci anni prima e il cui viso conservavo nella memoria piú che altro grazie a certe foto che avevamo in casa. Aveva i capelli neri a meno che non se li fosse tinti o fossero ingrigiti. Sapevo che arrivava alla spalla di papà e visto che io adesso gli arrivavo al naso voleva dire che lei mi arrivava al mento – e questo pensiero mi ha fatto impressione: *è piú bassa di me.* Sapevo che aveva gli occhi uguali ai miei; che aveva quarantadue anni e che a volte, quand'era stanca, incespicava sulla *f* come se balbettasse – ma non è che balbettava, piuttosto, per un istante, sembrava che le stesse per uscire di bocca una farfalla.

Hai bisogno di qualcosa? ha ripetuto la donna.

L'ho fissata come si fa dopo i sogni.

Ehi, ha detto il ragazzo. Ci sei?

Sí.

C'è, ha confermato, e ha riso in direzione della donna, che è rimasta seria.

Giulia Desio, ho detto.

Chi?

Volevo chiedervi se conoscete una certa Giulia Desio.

Giulia Desio?

Ha quarantadue anni. E i capelli neri. Credo. Alta piú o meno cosí, e ho fatto segno con la mano all'altezza del mento. Era abbastanza magra. Ora non so.

Il ragazzo ha gonfiato le guance e scosso la testa. Ha detto che non aveva mai sentito quel nome e che di donne con i capelli neri e alte *cosí* e *abbastanza* magre ce n'erano diverse in zona. La donna ha arrotolato lo straccio come per strizzarlo e lo ha usato come frusta per cacciare una mosca dalla spillatrice; ha detto che anche a lei quel nome non diceva nulla. Dal retro è apparso un uomo con una folta barba grigia e i capelli stretti in una coda di cavallo. La donna mi ha chiesto di ripetere il nome. Il sapore del nome di mamma sulle labbra era dolce e fastidioso. L'uomo ha tirato su col naso e si è confrontato con la donna e con il ragazzo: Sarà mica quella che abita dietro il birrificio? Poi si è voltato verso di me: Perché la cerchi?

Sono suo figlio.

Non hai un numero di telefono o qualcosa?

No.

Sei sicuro che abita a Erta?

Ho infilato le mani nelle tasche: Credo.

Puoi chiedere in Comune, ha detto la donna.

In Comune?

Hanno l'elenco dei residenti.

Sí, ha detto l'uomo, ma mica glielo dicono cosí…

Perché? È il figlio.

Sí, ma che c'entra. Serve una richiesta *ufficiale*.

Da parte di chi?

Da parte di chi? ho ripetuto io.

Forse… dovresti rivolgerti ai carabinieri.

Ho sgranato gli occhi.

Non c'è nessuno con te?

Scusi?

Intendo un adulto. Non c'è un adulto con te?

Dove?

Qui. Adesso.

No. Sono venuto da solo.

Tuo padre sa che sei qui?

Io… sí, lui… penso sia andato proprio dai carabinieri. Per informarsi.

Allora, ha detto l'uomo sciogliendo la coda di cavallo e scrollando i capelli grigi per farli respirare, ti conviene aspettare che torni.

Sono uscito. Era passata da un pezzo l'ora di pranzo, faceva caldo e cominciavo ad avere fame. Ho controllato le tasche come se qualcuno di nascosto potesse averci fatto scivolare dei soldi, o non mi fossi accorto di quell'ultima banconota stropicciata che pensavo fosse uno scontrino. Invece no. Erano vuote come le avevo lasciate. Non sapevo cosa fare, e non sapendo cosa fare la cosa peggiore che potessi fare era stare fermo in attesa di un miracolo; cosí ho pensato di esplorare il paese. Mi sono infilato nei cortili dove di tanto in tanto una signora o un bambino sollevavano lo sguardo per capire chi fossi. Un cane mi ha abbaiato. Due gatti si rotolavano nella polvere. Sono uscito dal centro abitato e seguendo un sentiero sono sceso verso il torrente e il vecchio cementificio. Ciò che mi ha colpito di piú, come la mattina, sul ciglio della provinciale, è stato il silenzio. Io non c'ero abituato. Da lí, dal torrente, all'ombra delle mura di mattoni e dei silos arrugginiti, si sentiva solo l'acqua e il vento tra gli alberi, che sembrava liquido anche quello; sentivo le mosche ronzare e pochi altri rumori cui non sapevo dare un nome. D'un tratto mi è venuto un gran sonno, forse per la notte trascorsa all'addiaccio, forse per la pedalata. Mi sono seduto con la schiena contro un tronco e ho chiuso gli occhi.

Sono state le formiche che mi camminavano sul braccio a svegliarmi. Lí per lí mi sono chiesto dove fossi. Il sole era in discesa dietro la montagna, le ombre si erano allungate. Mi sono accucciato su una roccia che sporgeva sul torrente, vi ho immerso le mani a coppa e dopo aver sciacquato via il torpore dal viso sono tornato in paese. Avevo fame. Che idiota ero stato ad andare fin lí senza informazioni – senza un soldo in tasca. In piazza c'era un gruppo di ragazze che parlavano animatamente. Una di loro aveva i capelli rossi. Quando mi sono avvicinato mi ha sorriso e ha atteso che dicessi ciò che avevo da dire. Mi ha fatto pensare a Viola e ho desiderato tornare a Torino, entrarle in camera dalla finestra, sorprenderla e baciarla e chiederle scusa, e poi baciarla ancora.

Sentite, ho detto, sto cercando una persona, una donna. E ho descritto mia madre.

Le ragazze si sono consultate, ma anche a loro il nome non diceva niente. Però quella con i capelli rossi ha detto che c'era una donna, alta come l'avevo descritta e con quel tipo di fisico, che abitava sopra un negozio di alimentari lungo la strada che porta a una frazione. Mi ha spiegato in che modo arrivarci. Prima di lasciarle ho chiesto se avevano una caramella o qualcosa del genere e mi hanno offerto una gomma da masticare.

Ho raggiunto l'alimentari, che era aperto, e una signora anziana magrissima che sembrava uscita da una storia di fate e folletti mi ha accolto con un saluto cosí intimo che per un attimo ho pensato mi avesse scambiato per qualcun altro: Posso aiutarti?

Sto cercando Giulia Desio.

Chi?

Giulia Desio. Mi hanno detto che c'è una donna che abita qui sopra, sopra il negozio, che potrebbe essere lei.

Mio caro, ha detto la signora, la donna che abita qui sopra è la figlia di mio cugino. E non si chiama Giulia Desio, mi spiace. Io a quel punto dovevo avere una faccia triste perché non ho fatto in tempo a uscire dal negozio, a dire va bene, mi scusi, come non detto, che la signora mi ha bloccato: Aspetta. Non hai altre informazioni?

No.

Sai dove lavora?

No.

Vive da molto in paese?

Se il paese è questo, direi sei o sette anni.

Se il paese è questo?

Non ne sono sicuro.
La signora ha sospirato: Ma tu chi sei?
Io? Io sono... quella che cerco è mia madre.
C'è stato un risucchio nell'aria del negozio, come se qualcuno ci avesse messo sotto vuoto. Questa è una storia che varrebbe la pena di ascoltare, ha detto la signora. Perché non ti siedi? E mi ha indicato una seggiola di legno, in un angolo. Vuoi qualcosa da bere?
Ho detto di sí.
Un succo di frutta?
Perfetto.
Pesca? Albicocca?
Pesca.
Lo ha preso da dietro il bancone, uno di quelli nelle bottigliette di vetro. Me lo ha dato. Ha spinto la sedia verso di me e ha detto: Accomodati. Torno subito. Ed è sparita dietro una tendina di anelli colorati di plastica semitrasparente.

Mentre bevevo ho visto che sul piano di appoggio, vicino alla cassa, c'erano dei quadratini di pizza rossa e focaccia, con degli stuzzicadenti perché i clienti potessero servirsene. Mi sono alzato facendo attenzione a non far scricchiolare la sedia, ne ho afferrato una manciata e me li sono infilati in bocca tutti insieme. Stavo cercando di non soffocare quando ho gettato uno sguardo alla tendina per controllare che la signora non stesse tornando e nell'ombra, dietro gli anelli colorati, ho intravisto la sua sagoma al telefono; stava parlando con la bocca e la cornetta protette dalla mano, per non farsi sentire. Mi sono accostato al muro e ho avvicinato l'orecchio alla tendina. Non ho capito con chi stesse parlando, ma tra le dita chiuse a contenere la voce sono scivolate parole come *intrattengo* e *normale* e *non saprei*. E poi la parola *servizi*. E *fretta*. Fretta per cosa? E niente, era chiaro che ero finito nella tana di una persona di buon cuore che stava avvisando chissà chi che c'era un ragazzo da aiutare, che però, nella mia esperienza, era come dire: un ragazzo su cui indagare. E a me non serviva essere indagato – che si scoprisse che mio padre era in carcere e che io ero abbandonato a me stesso – mi serviva qualcuno che mi aiutasse a trovare mia madre. Ho afferrato un'altra manciata di pizzette e sono fuggito.

Sono corso in piazza. Le ragazze non c'erano piú. L'ombra delle cime a ovest si allungava sul paese e la temperatura stava scendendo. Sono andato a sedermi sugli scalini di una cappella diroccata, dietro la chiesa, per levarmi di torno ed evitare di incappare negli amici di buon cuore della signora o peggio ancora in qualcuno dei servizi sociali o in una macchina dei vigili. Ho preso dalla tasca le cartoline di mamma e le ho ripassate una per una in cerca di qualche indizio che mi fosse sfuggito. Ma niente. Non c'era nulla che non sapessi già. Nulla che mi dicesse dove cercarla se non lí, a Erta; che se non era il posto in cui viveva doveva per lo meno essere un posto in cui era stata diverse volte.

Poi di punto in bianco il sole è scomparso. La notte mi stava crescendo attorno anche se il cielo era ancora chiaro, d'un azzurro slavato, tranne certe nuvole che si andavano tingendo di rosso e da cui un paio di corvi si sentivano attratti, senza però avere la possibilità di raggiungerle. Si è acceso un lampione. Mi sembrava di essere dentro quel quadro che avevo visto su un libro di arte a casa di Viola, che sullo sfondo ha un cielo e in primo piano un bosco, ma mentre il cielo è un cielo diurno nel bosco è già notte, e c'è il muro esterno di una villa illuminato debolmente da un lampione e le luci accese dentro casa.

Ho fatto il giro della cappella diroccata. Dall'altra parte c'era uno stagno. Sul bordo dello stagno, un'altalena fatta con un'asse appesa con le corde al ramo di un albero. Mi ci sono seduto e mi sono lasciato dondolare per un po', senza pensare a nulla, mordendomi di tanto in tanto le pellicine attorno all'unghia del pollice. Da lí si vedeva la pianura allagarsi di foschia e un tratto di strada provinciale con delle macchine in coda. L'unico rumore era lo scricchiolio dei rami e il frusciare delle foglie; e una rana che gracidava tra le canne a un salto di distanza dall'acqua. Ecco, in quel momento ho pensato che a me, in fondo, non sarebbe dispiaciuto vivere cosí. E che in quella solitudine si nascondesse una forma di bellezza.

Ho trovato la forza di muovermi solo quando il buio ha portato il freddo. Quel pomeriggio avevo visto un vecchio fienile abbandonato, in direzione del cementificio; l'ho raggiunto e mi ci sono arrampicato usando una scala esterna cui mancavano diversi pioli. Avrei potuto essere spaventato o chissà che, farmi venire strane fantasie – in fondo non mi era mai capitato di dormire cosí, senza neppure uno straccio di sacco a pelo e in un posto del genere – invece ero tranquillo, come se certe esperienze fossero parte della vita e ora toccasse a me. I lamenti del bosco e della montagna, trascinati dal vento, sono venuti a sdraiarsi al mio fianco. Ho finto di non avere fame e di non avere freddo. Mi sono coperto con la paglia come potevo; e ho atteso che facesse giorno.

Ovviamente ho dormito malissimo. Un ragno mi si è arrampicato sui capelli, il tetto marcio sembrava dovesse crollarmi addosso da un momento all'altro, e all'alba non c'era un solo osso del corpo che non mi facesse male. Per non parlare della fame, che a quel punto era tale che se avessi trovato la rana della sera prima mi sarei lanciato a catturarla. Mentre mi sciacquavo la faccia nella fontana della piazza ho pensato che non c'era altro da fare: dovevo tornare a Torino. Avrei atteso la corriera e implorato l'autista. Potevo anche mostrargli la bici e la ruota bucata alla stazione di Pinerolo come prova del fatto che avevo avuto un contrattempo, dirgli che essendo senza cellulare non potevo avvisare nessuno.

Mi sono seduto ad aspettare. Ogni tanto ripetevo *che idiota* e scuotevo la testa. Poco prima che il campanile della chiesa battesse le otto la corriera è spuntata da dietro la curva. Ho ripassato nella testa tanto le frasi quanto l'espressione del viso: dovevo essere convincente, e quindi gentile e disperato; mi sono inumidito le labbra e ho tirato su con il naso. La corriera era a duecento metri, ho cercato di vedere che faccia avesse l'autista, ma il riflesso sul vetro mi impediva di scorgerla; si è fermata tra i fischi dei freni e la porta anteriore si è spalancata precisa davanti a me con un sospiro idraulico. Ho aperto la bocca per cominciare a parlare, a giustificarmi, ma c'era un signore che doveva scendere, cosí l'ho fatto passare. Poi una ragazzina con uno zaino da scuola da cui sbucava una racchetta da tennis. Infine una donna con una borsa della spesa, un tatuaggio sull'avambraccio e un bambino che cosí, sul momento, ho pensato avesse cinque o sei anni; lei gli ha offerto la mano perché gli scalini erano alti, ma lui le ha negato la sua nascondendola dietro la schiena e con aria di sfida ha detto: Faccio da solo.

Lei ha risposto: F-fai come vuoi. Incespicando rapidamente sulla *f*. Come il battito d'ali di una farfalla.

È scesa dandomi le spalle per assicurarsi che il bambino non cadesse, cosí da essere pronta a sostenerlo nel caso fosse inciampato; ma lui è stato bravo – si è tenuto dove poteva, è saltato giú ed è atterrato con un sorriso orgoglioso stampato in faccia.

L'autista della corriera ha detto qualcosa. Ho avuto l'impressione che parlasse con me. Ha mosso la bocca, ma la voce è rimasta a penzolare dalle labbra.

Si è aggiustata la spalla del golf blu che indossava sopra una maglietta bianca, ha tirato giú la manica a coprire il tatuaggio. Al collo aveva un filo trasparente da cui pendevano triangoli e ovali di plastica colorata. Jeans arrotolati al polpaccio. Scarpe da ginnastica gialle. Portava i capelli corti, da militare. Alle orecchie i segni dei buchi, senza orecchini. La testa, con i capelli cosí corti, risultava tonda in modo singolare.

L'autista della corriera continuava a parlare, *parlarmi*. Un bambino seduto nei primi posti si è sporto per vedere chi fosse la persona da cui l'autista stava, con crescente insofferenza, cercando di ricevere attenzione.

Era magra. Piú magra di come la ricordavo. Le si vedevano dei reticoli di vene azzurre sul collo. I capelli erano ancora neri, ma *meno*, anche se non erano grigi. Non sapevo dire in cosa fossero diversi, lunghezza a parte. Ho pensato che forse era quello: erano *meno neri*.

L'autista della corriera ha fatto un segno con il braccio che è entrato nel mio campo visivo solo per sbaglio – sfocato. E ha detto qualcosa che ha fatto ridere il bambino seduto davanti.

Non ho sentito lo sbuffo con cui si chiudono le porte delle corriere. Non ho sentito il motore salire di giri. Non ho sentito lo scricchiolio dell'asfalto. Non ho sentito niente perché in quel momento la donna si è voltata, richiamata dal mio sguardo assordante, ma non del tutto; ha lasciato partire un'occhiata distratta al di sopra della spalla – la spalla del golfino che aveva appena aggiustato. E stava per riportare l'attenzione sul bambino che intanto indicava un gatto appostato su un cornicione ancora illuminato dal sole, quando uno schiaffo, o qualcosa di simile a uno schiaffo, arrivato da *dentro*, da un luogo lontano e profondissimo, l'ha costretta a girarsi. Le è scivolata di mano la borsa e le labbra si sono schiuse.

Era incredulità quella luce? Era paura?

Si è avvicinata un passo alla volta, come si fa con gli animali quando non vuoi farli scappare. Non mi sono mosso. È venuta vicina. Mi ha studiato la fronte, il naso, l'attaccatura dei capelli – sembrava cercasse qualcosa che non trovava. Avevo ragione: adesso era piú bassa di me: mi arrivava agli zigomi. Fin lí era stato come un sogno, ero di pietra. Poi mi ha preso la mano, toccando le dita come per assicurarsi che ci fossero tutte, ed è stato quello a scatenare qualcosa. Il contatto. La sua pelle. La mia pelle. Gli occhi si sono riempiti di lacrime. Mi ha abbracciato. L'ho stretta. Il bambino ci ha guardato senza capire, poi si è accostato e le ha messo una mano in tasca, mentre con la punta delle scarpe colpiva due tappi di birra che qualcuno aveva gettato via.

Nella mia testa sono successe cose *straordinarie*. Mi sono ricordato di quella volta che mi ero perso al mercato di Porta Palazzo e mamma mi aveva cercato tra le gambe della gente e quando alla fine era riuscita a trovarmi si era inginocchiata sporcandosi i jeans e mi aveva abbracciato tremando. Mi sono ricordato di quando al luna park, tirando delle palline, avevo centrato un pupazzo di Homer Simpson e lo avevo vinto; avevo cominciato a saltare dalla gioia e saltando mi ero aggrappato a mamma e lei mi aveva stretto a sé come fossi io la cosa da vincere. Mi sono ricordato di un giorno, dopo il bagno; mamma mi aveva infilato l'accappatoio e mi frizionava per asciugarmi, lei seduta sul bordo della vasca e io in piedi. I miei ricordi di prima dei sei anni hanno tutti a che fare con mamma. Io e lei che ci teniamo per mano sulla spiaggia in attesa che le onde si abbattano e la schiuma rotoli verso di noi a bagnarci i piedi; noi che scappiamo un secondo prima sghignazzando come iene. Un granchio. Il riflesso del sole sull'acqua. L'appiccicaticcio della salsedine sulla pelle. Occhiali da sole. Un cappello strappato via dal vento. Lei che mi trascina in bagno per un orecchio per farmi vedere un disastro che devo aver fatto e che non ricordo, e io che piango, mi tappo le orecchie e nascondo il viso nella gonna – *non ti sento non ti vedo* – odore di patchouli e cotone grezzo contro le guance. Io che indico i grissini. La panettiera si sporge per offrirmene uno. Guardo mamma per capire se posso accettare. Lei sorride – sorriso *uguale* sí – quindi lo prendo e l'infilo in bocca. È un grissino lungo e lo spingo cosí in fondo che mi viene da tossire. Sudo. Mamma mi toglie la maglietta. Dice di stare a torso nudo. Musica alla radio. Mamma canticchia fingendo che il mestolo sia un microfono. Laura Pausini. Polvere di caffè sul pavimento. In ginocchio disegniamo faccette sorridenti: circonferenza, puntini, bocca.

Non ci sono mai Asia, né papà e neppure i nonni, in quei ricordi. Solo noi due. Al massimo degli estranei.

Quando ci siamo slacciati ho sperato fosse lei a parlare per prima, ma dallo sguardo s'intuiva che allo stesso tempo lei sperava che fossi io a dire qualcosa. Per fortuna c'era il bambino, che a un certo punto l'ha tirata per il golf e ha detto: Ho fame. Facciamo colazione?

Mamma ha detto sí a lui guardando me: E tu?

Ho fame anch'io, ho detto.

E lei: Andiamo a casa.

Ci siamo messi a camminare lungo la strada che avevo percorso il pomeriggio, quella che portava al fiume e al cadavere del cementificio. Il sole ci seguiva, penetrando insieme a noi nel bosco come dita tra i capelli.

Tu chi sei? ha chiesto il bambino.

Ercole.

E sei forte come lui?

Piú o meno.

Lui, ha detto mamma a bassa voce, è tuo fratello.

Il bambino mi ha guardato di sottecchi: Mio fratello?

Io ho guardato mamma: Mio fratello?

Mamma ha detto: Si chiama Luca.

Ho cinque anni e mezzo, ha detto Luca. Cosí. E mi ha mostrato la mano con le dita tese. Io non sapevo di avere un fratello.

Nemmeno io, ho detto.

Poi Luca ha cominciato a parlare di tutto quello che era successo la sera prima, di quanto fosse grande e piena di oggetti strani la casa della signora di cui si occupava mamma, la vedova di un capitano dell'esercito malata di Alzheimer, da cui lei era stata costretta a passare la notte; motivo per cui si era portata dietro Luca, che aveva dormito nella stanza dei figli della signora che vivevano all'estero. Luca ha continuato a parlare finché non siamo arrivati a casa, come se sentisse il bisogno di invadere il silenzio. Mamma l'ha lasciato fare. Avrei voluto mi chiedesse subito com'ero arrivato fin lí, come l'avevo trovata; e io avrei potuto mostrarle le cartoline e dire della bici che avevo lasciato davanti alla stazione dei treni di Pinerolo. Ma lei non ha chiesto nulla. Ha continuato a guardarmi di sottecchi mordendosi il labbro e sorridendo, seguendo un filo di pensieri che di tanto in tanto pareva smarrire e che era suo – solo suo.

La casa era una di quelle che sembravano essere state scagliate fuori dal centro abitato per espiare una colpa. Era grande, ma avvicinandosi ci si accorgeva di quanto fosse cadente. Parte dell'edificio era occupato da un fienile in rovina. I muri erano scrostati e una porzione di tetto era coperta da un telo azzurro di plastica cerata. La cosa migliore era il bosco: gli alberi erano cosí vicini che sembrava stessero bussando alle finestre. Appeso a uno spuntone del muro esterno c'era un casco da football americano – giallo, con il numero dieci in rosso; era sporco e macchiato dal tempo. Siamo entrati. La porta dava in una sala con angolo cottura; era poco piú grande della nostra e come nella nostra c'era un divano e la televisione incastrata dentro la credenza. Una macchia d'umidità stava mangiando la parete dietro il frigo. Sul tavolo, dove mamma ha posato la borsa e le chiavi, c'era del pane secco e una scatola di metallo piena di matite colorate. Per terra la ciotola di un gatto. Mamma non aveva ancora aperto bocca e continuava a guardarsi attorno come se le parole fossero finite sotto un mobile, finché non ha chiesto a Luca di farmi vedere la sua stanza mentre lei apparecchiava per la colazione. Lo ha detto imbarazzata e felice. Ha ripetuto: Adesso preparo la colazione. Luca ha girato sui tacchi fingendo di essere un robot e io l'ho seguito.

Il resto della casa era composto da un corridoio su cui si affacciavano un bagno e due stanze, una di mamma e una di Luca. Il piano superiore, a cui si aveva accesso attraverso una scala esterna, era inagibile. Ho buttato un occhio nella camera di mamma e su una sedia ho notato dei pantaloni da uomo, con la cintura che pendeva dai passanti, e appesa con la gruccia alla maniglia della finestra una camicia a quadretti rossi e neri.

Luca ha detto: Vieni?

Sí.

Camera sua conteneva un letto verde di metallo, una cassapanca e un mobile; le pareti erano coperte di disegni fatti con i pastelli: alberi con il naso, palloni da calcio, missili.

Ho detto: Anche a me piaceva disegnare sui muri.

Ha preso una macchinina dal comodino e si è seduto sul letto: Ma tu chi sei?

Lei è tua mamma?

Lei? ha chiesto Luca indicando la sala.

Sí.

Sí.

Ho detto: È anche mia mamma.

Luca ha ridotto gli occhi a una feritoia.

E ho una sorella, si chiama Asia. E tua mamma è anche *sua* mamma.

Ma chi è tuo papà?

Il mio si chiama Pietro.

Il mio Nicola.

E adesso dov'è?

È partito.

Per dove?

Luca si è stretto nelle spalle.

Ma torna?

Le ha scrollate di nuovo: Davvero sei forte come Ercole?

Certo.

Luca ha storto le labbra, come a dire *ma va' là*...

Gli ho fatto segno di avvicinarsi e ho gonfiato il bicipite. Luca si è alzato dal letto e lo ha stretto con tutt'e due le mani, piú forte che poteva. Poi ha aperto le braccia a squadra e ha chiuso i pugni, e io ho fatto lo stesso, ma con due dita, e gli ho detto che un giorno sarebbe diventato piú forte di me. Aveva gli occhi chiari e sottili, simili a quelli di chi abita nei Paesi con tanto ghiaccio; ho immaginato li avesse ereditati dal padre. Ha preso una scatola di Lego, l'ha rovesciata e mi ha chiesto se lo aiutavo a costruire una base spaziale. Ed è quello che abbiamo fatto, finché non è apparsa mamma a dire che era pronta la colazione.

All'inizio è stata la televisione a riempire il silenzio. Luca faceva correre una macchinina in una gincana di biscotti, ogni volta scegliendone uno da inzuppare nel latte e ingoiare come fossero carburante. Mamma tagliava pezzi minuscoli di pane, spalmava un velo sottilissimo di marmellata e li masticava a lungo. Mi guardava se io non la guardavo, altrimenti distoglieva gli occhi e sorrideva. D'un tratto mi ha chiesto della scuola, se mi ero iscritto all'artistico. Ha detto: Eri cosí bravo a disegnare, poi: Anche Luca è bravo a disegnare, sai?

Ho detto che avevo visto i disegni in camera e che no, non mi ero iscritto all'artistico, ma a un professionale.

È un peccato.

Già.

Disegni ancora?

No.

Perché?

Non saprei. Altre cose da fare, credo.

Per esempio?

Non so... amici, pallacanestro.
Giochi a pallacanestro?
Mi piace tirare a canestro.
Da piccolo ti piaceva il tennis.
Il tennis?
Sí.
Ma figurati. Non è vero.
Mamma ha posato il coltello con un'espressione indignata: Certo che è vero.
Ho detto: Non me n'è mai fregato niente del tennis.
E allora perché pensi che lo stia dicendo?
Non lo so. Forse ti confondi. E stavo per dire: *con qualcun altro*, ma pensarlo mi ha punto, come se le parole avessero le spine, e mi è sembrato offensivo e non volevo offenderla, cosí l'ho ricacciato in gola.
Lei però ha detto: E con chi altro potrei confondermi?
Ho abbassato gli occhi e ho ripreso a bere il latte.
Mamma ha tratto un sospiro lento, come se l'aria fosse resina: Ti portavo al parco Ruffini dopo l'asilo, ricordi?
Ho annuito.
Al parco, dietro il palazzetto dello sport, ci sono dei campi da tennis. Quando passavamo ti aggrappavi alla rete metallica ficcando il naso nei rombi e restavi a guardare. Lo facevi sempre. Eri letteralmente ipnotizzato. Per portarti via dovevo discutere, *ogni volta*. Schiacciavi la faccia contro la rete metallica con tanta forza che ti restavano i segni sulle guance. Una volta, stavo parlando, non ricordo con chi, mi sono distratta e sei entrato in campo, e un ragazzo che stava giocando ha fatto segno di avvicinarti e ti ha dato la racchetta, e tu hai cercato di colpire la pallina, ma eri troppo piccolo e quasi non la tenevi su. Non volevi piú venir via. Ti sei messo a piangere e per farti smettere ti ho promesso che saremmo andati a pren-

dere il gelato, ma tu non la smettevi e allora il ragazzo ti ha regalato una pallina.

Luca ha detto: Ho finito, posso guardare i cartoni?

Mamma ha fatto una pausa per riprendere fiato, ha bevuto dell'acqua, poi ha aggiunto: Ci hai dormito per mesi con quella pallina.

Mamma?

Dimmi.

Ho finito. Posso guardare i cartoni?

Sí... sí, certo. Vai pure.

Ho detto: Che fine ha fatto?

Cosa?

La pallina. Non ricordo nessuna pallina.

L'avrai persa.

Ma se era cosí importante...

Non lo so che fine ha fatto la pallina, Ercole. *Quello* non lo ricordo.

Mentre Luca guardava i cartoni animati l'ho aiutata a sparecchiare. Se penso a quante cose avevamo da dirci e a come evitavamo accuratamente di dirle c'è da non crederci. È straordinaria la nostra capacità di fare finta di niente, di soffocare le domande; perché per quanto non sapere possa farci stare male, c'è sempre la possibilità che la risposta possa farci stare peggio. E quindi zitti. C'è da raccogliere le briciole? Raccogliamo le briciole. C'è da portare fuori la spazzatura? Portiamo fuori la spazzatura. C'è da passare la scopa? Passiamo la scopa. Certe volte saremmo disposti a tirare a lucido il mondo intero piuttosto che mettere mano a uno, uno solo dei cassetti dentro di noi.

Perché sei andata via, *esattamente*?

Perché non hai cercato di spiegare?

Perché non hai lasciato una lettera?

Ti sei mai pentita?
Ti sono mancato?
Perché non hai cercato di risolvere i problemi *restando* con noi?
Cos'hai fatto in questi anni?
Sei subito venuta a vivere qui?
Di chi è questa casa?
Chi è il padre di Luca, Nicola?
Dove l'hai incontrato?
Lo conoscevi già prima di lasciarci?
Quando è nato Luca hai pensato a me?
Hai pensato a me, ogni tanto?
Perché non mi chiedi come ho scoperto dove abiti?
Perché non mi chiedi come sta Asia?
Perché non mi chiedi come sta papà?
Non sei mai stata *lí lí* per raccontare a Luca di me e di Asia?
Cosa vuol dire il tatuaggio?
Posso vederlo?
Quando l'hai fatto?
Ti sono mancato?
Di chi sono i pantaloni e la camicia a quadretti rossi in camera da letto?
Sono del padre di Luca?
Sta arrivando qualcuno?
Sta arrivando il proprietario dei pantaloni?
Sei mai tornata a Torino?
E a Cenisia, sotto casa nostra?
Sei mai tornata sotto casa nostra e magari io ero dentro a disegnare mostri e tu in strada a guardare in alto, che se mi affacciavo ti vedevo?
Perché non mi chiedi se mi sei mancata?
E io, io ti sono mancato?

Questo avrei voluto sapere. Invece ho chiesto se potevo usare la doccia: dopo la sudata del giorno prima e la notte all'addiaccio sentivo il bisogno di lavarmi. Mamma mi ha accompagnato e mi ha fatto vedere come funzionava la porta del box, ché bisognava stare attenti a come la si chiudeva. Ha tirato fuori un asciugamano dallo scaffale, lo ha appoggiato sulla lavatrice ed è uscita. Ho aperto l'acqua per dare tempo allo scaldabagno di entrare in funzione; nel frattempo mi sono spogliato gettando gli indumenti sporchi in una cesta sotto la finestra. Ho notato che c'era una grossa crepa nel soffitto. Ho fatto scorrere la porta del box nella guida come aveva detto mamma e quando il getto ha colpito la nuca e le spalle sono sbottato in un rantolo di piacere.

Non era molto che avevo smesso di pensare ai mostri nei muri. Intorno ai dodici anni, un giorno, durante le vacanze di Natale, dopo aver lavorato dall'impagliatore che sotto le feste fa sempre buoni affari, avevo comprato dello stucco in polvere e della tinta, avevo preso secchio e spatola e avevo chiuso tutte le crepe della casa, una alla volta. In cucina. In bagno. Soprattutto in camera. Prima le avevo allargate con la lama – e questo mi aveva fatto paura perché sul momento piú erano larghe piú era facile passarci. Poi avevo rimosso ciò che sembrava compatto e invece era in briciole. Avevo pulito la superficie da polvere e frammenti d'intonaco. Avevo fatto attenzione che lo stucco penetrasse fino in fondo. Avevo aspettato che asciugasse. Avevo carteggiato e dato una mano di tinta, che però non era uguale alla precedente, e non avendo voglia di ridipingere le pareti intere alla fine sembrava che alla casa fosse venuto un eritema. Mi piace fare i lavori manuali. Mi svuota la testa. Ricordo che un pomeriggio, mentre osservavo il vecchio impagliatore arrovellarsi per tirare in modo esatto la rafia, stringendo i denti per soffocare il dolore alle dita, lui mi aveva guardato con quei suoi occhi devoti ingialliti dall'età, e detto, con un filo di voce: Ricordati, Ercole, che ogni volta che facciamo qualcosa con cura distruggiamo il male che è in noi.

Uscito dalla doccia ho stretto l'asciugamano in vita e sono tornato in cucina lasciando sulle mattonelle di cotto del pavimento le impronte umide dei piedi. Mamma era seduta sul divano accanto a Luca, a guardare i cartoni animati. Quando sono apparso si è voltata; ho sentito il suo sguardo scivolarmi addosso, come se mi stesse prendendo le misure e ci fosse qualcosa che non le quadrava. Ho detto: Mi servono dei vestiti puliti.

Certo, ha risposto. Si è alzata, mi è passata accanto ed è entrata in camera da letto. Un attimo dopo ne è uscita con dei pantaloncini marroni coi tasconi sui lati, una maglietta, un paio di calze grigie di spugna e delle mutande: I pantaloni temo siano larghi, ma puoi stringerli con la cintura.

Non c'è problema.

Luca è salito con i piedi sui cuscini, ha raccolto un pallone da dietro il divano e ha chiesto se uscivo a giocare. Mamma ha sorriso, ha detto: Dài, è una cosí bella giornata. E con un dito ha raccolto una goccia che dai capelli mi stava scivolando lungo il collo.

La giornata è passata cosí: giocando a palla con Luca ed esplorando i dintorni. Luca mi ha mostrato un buco nella roccia da cui secondo lui uscivano i pipistrelli. Aveva un sacco di posti segreti da mostrarmi: tronchi cavi, punti del torrente in cui lo si poteva attraversare saltando sui sassi, pozze dove andare a caccia di girini; una roccia a forma di schiena di elefante. Era un bambino chiacchierone ed entusiasta, sempre eccitato per qualcosa. La mattina mamma ha gironzolato con noi, ma dopo pranzo ha detto che era stanca e che non si sentiva troppo bene: è andata a coricarsi e non l'abbiamo piú vista fino all'ora di cena. Era buio quando Luca, alla fine di *Masha e Orso*, ha fatto correre una macchinina su e giú per i mobili, è venuto accanto al lavandino dove stavamo lavando i piatti e ha chiesto: Ercole quanto tempo si ferma?

Mamma ha detto: Quanto vuole.

Dorme in camera mia?

Mamma ha smesso di strofinare, ha detto: Ecco... non ci ho pensato... posso dormire sul divano e tu Ercole puoi dormire nel mio letto se ti va.

Posso dormirci io sul divano, ho detto.

Perché non può dormire in camera mia?

Perché in camera tua c'è solo il tuo letto.

Abbiamo il materassino di papà, ha detto Luca.

Vuoi farlo dormire sul materassino?

C'è anche il sacco a pelo. Anzi no. *Io* dormo sul materassino col sacco a pelo e Ercole nel mio letto.

Mamma ha ripreso a lavare i bicchieri e si è schizzata della schiuma in faccia; ha sorriso e ha detto: Fate voi, ragazzi. Scegliete voi.

Luca è corso via. Poco dopo l'abbiamo sentito gridare: Venite ad aiutarmi a gonfiarlo. Cosí mi sono asciugato le mani e sono andato ad aiutare mio fratello a gonfiare il materassino del padre. Lo abbiamo sistemato ai piedi del letto. Ha preso il sacco a pelo dalla cassapanca, si è messo il pigiama e ci si è infilato dentro, tirando la cerniera fino a sparire del tutto. Non saprei dire se si è addormentato subito, ma non l'ho piú sentito. Io, nel frattempo, non sapevo come muovermi, non sapevo cosa fare – piú che altro avrei voluto lavarmi i denti, ma non avevo lo spazzolino.

In quel momento è entrata mamma con in mano della roba: pantaloncini bianchi da calcio, delle magliette, persino un accappatoio e un paio di pantofole.

È tutta roba pulita, ha detto.

Quella notte ho dormito poco. Il vento s'era fatto grosso e faceva uggiolare gli infissi come cuccioli di cane. A svegliarmi, la mattina dopo, è stato il silenzio. Il vento si era calmato. La luce timida del mattino spingeva dentro la stanza l'ombra degli alberi. Il sacco a pelo di Luca era raggomitolato sul materassino. Non mi sono alzato subito. Sono rimasto sdraiato, le braccia lontano dal corpo, cercando di ordinare gli avvenimenti del giorno prima, di dare un nome alle emozioni, ma era come stare a gambe divaricate in mezzo a un fiume cercando di afferrare un pesce con le mani; e a furia di stare a gambe divaricate in mezzo al fiume cercando di afferrare il pesce ho cominciato a sentire spingere la vescica. Sono andato in bagno a pisciare e mentre pisciavo è entrato Luca.

Ehi, ho detto. Non si bussa?

Luca ha dato due colpi sulla porta con la punta delle dita, impassibile, mentre richiudevo la patta; con voce da robot ha detto: C'è. La colazione. Sul tavolo.

Mamma?

È. Uscita.

Dov'è andata?

Non. Lo. So.

Quando torna?

Non. Lo. So.

Senti, se devi fare il robot non è che faresti C-3PO? Lui per lo meno è un droide protocollare e sa parlare bene sei milioni di lingue, non come un navigatore Gps col singhiozzo.

...

Sai chi è C-3PO, vero?

...

Ho detto: Non sai chi è C-3PO?

...

Oh, santo cielo! ho detto imitando la voce del droide e sbilanciandomi all'indietro, le braccia a novanta gradi, cosa che se Luca avesse saputo chi era C-3PO avrebbe dovuto farlo ridere, e invece niente.

Mamma non c'era. Era uscita prima che ci svegliassimo. Il letto aveva le coperte rimboccate, come se non ci avesse dormito, ma di notte l'avevo sentita alzarsi e andare in bagno. Ho preso il latte dal frigo controllando che non fosse scaduto, ho cercato i biscotti e ho fatto colazione osservando Luca stravaccato sul divano che guardava i cartoni animati.

Ti lascia spesso a casa da solo? ho chiesto mentre il biscotto assorbiva il latte.

Oggi ci sei tu, ha detto senza staccare gli occhi dallo schermo. Poi ha spento ed è venuto a sedersi davanti a me: Vuoi uscire?

Per andare dove?

Nel bosco.

A pranzo mamma non era ancora tornata e Luca ha cominciato ad avere fame. In frigo ho trovato delle uova, del formaggio, della maionese: ci siamo fatti dei panini con la frittata e li abbiamo mangiati sul divano guardando la televisione. Mentre Luca finiva il suo sono andato in bagno a sciacquare via dalla bocca l'unto della maionese. Tornando indietro mi sono fermato sulla soglia della camera di mamma. Sono entrato. I pantaloni da uomo e la camicia erano ancora lí. Ho preso il cordless dal comodino e ho composto il numero del cellulare di Asia, che sapevo a memoria. Ha squillato quattro volte prima che rispondesse: Pronto? con la voce circospetta che metteva su ogni volta che non conosceva il numero.

Sono io.

Asia ha abbassato la voce e ho percepito uno spostamento; probabilmente era alla trattoria, l'ho immaginata rincantucciarsi nell'angolo delle riviste: Dove cazzo sei?

A Erta.

Dove?

Da mamma.

…

…

…

Pronto?

Ha detto: Stai scherzando?

No.

L'ho sentita respirare nel telefono.

Ho chiesto: Papà?

Sta bene. La polizia voleva solo interrogarlo.

Per cosa?

Un furto. Avvenuto in un'azienda dov'era stato a fare qualcosa, un lavoro, non ho capito. Il problema è stato che quando si sono presentati lui li ha trattati come suo solito, hai presente? Cazzo volete fascisti eccetera. E niente, loro si sono innervositi. Parole grosse. Qualche sedia. In quel momento sei arrivato tu.

Ma dov'è adesso?

Fuori. L'amico di Andrea ha risolto tutto. Dovranno risentirlo, ma dice che con il furto non c'entra.

Bene.

E tu?

Io cosa?

Tu come stai?

Mi sono sdraiato sul letto di mamma e ho guardato il soffitto macchiato di luce e di ombre: Abbiamo un fratello. Si chiama Luca. Ha cinque anni.

...

Cinque e mezzo, in realtà. Sei a ottobre.

Non so se volevo saperlo.

Fa scassare. Gli piace fare la voce da robot.

Lei?

Ho fissato le pareti in cerca di una risposta e strisciando lo sguardo mi sono accorto di un quadro appeso tra le finestre. Era un dipinto fatto a mano, *vero*, non una stampa: un susseguirsi di colline, in autunno, con un grande ramo in primo piano, in alto a destra, e una foglia che da quel ramo si era appena staccata e sembrava cadere sul pavimento. Era il quadro che era appeso sopra il letto dei miei e che mamma si era portata via il giorno che se n'era andata. Ho detto: Non lo so. Se vuoi sapere come sta non te lo so dire. Ci siamo parlati poco, per lo piú di stronzate. Non lo so come sta. E non so come sto io. Mi sembra tutto un casino.

Torna indietro.

...

Ercole, ascoltami. Torna indietro.

No.

Dammi l'indirizzo e ti vengo a prendere.

No. Adesso no.

Lí per te non c'è nulla, fidati.

In quel momento ho sentito dei rumori in sala, Luca esclamare: Mamma!

Ho detto: Devo andare. Se ho bisogno ti chiamo.

Ercole...

Avvisa tu papà. Digli... Non so. Inventati qualcosa. Asia.

Sí.
Ti voglio bene.

Mamma era andata a lavorare. Cosí ha detto. E che Luca lo sapeva, ma che Luca fa sempre finta di niente. Da un anno teneva compagnia a una signora malata di Alzheimer tre mattine e due pomeriggi a settimana. Di tanto in tanto le capitava di passarci la notte. In quel periodo, da quando la scuola era chiusa, era costretta a portarsi dietro mio fratello, dato che non sapeva a chi lasciarlo, ma quel giorno, vedendolo dormire sereno nel sacco a pelo, ai piedi del letto in cui dormivo io, non aveva avuto il coraggio di svegliarlo. Le ho detto che avrebbe potuto lasciare un biglietto per farmi sapere dov'era e a che ora tornava. Lei ha ripetuto che Luca lo sapeva – dove altro sarebbe potuta andare? – e che pensava me lo avrebbe detto lui, e poi, prima che potessi aggiungere altro, ha proposto, visto che faceva caldo, di andare a fare il bagno alle *pozze*. Luca ha urlato felice ed è corso a infilarsi il costume. Lei mi ha sorriso e ha detto: Vediamo di recuperare qualcosa anche per te.

Siamo andati in camera sua, ha aperto un cassetto e dentro c'era della biancheria da uomo e molte altre cose – degli orologi. C'ha rovistato dentro finché non ha estratto un costume blu scuro, lungo al ginocchio. Ha detto: Se ti sta grande puoi usare quei pantaloncini che ti ho dato come pigiama e…

Di chi è questa roba?

Lei ha guardato l'interno del cassetto come per capire di cosa stessi parlando: Di Nicola.

Il padre di Luca?

Sí.

E lui dov'è?

Ha infilato un dito in bocca e ha iniziato a mordersi le pellicine: Non vive piú con me. E lo ha detto come fosse una cosa ovvia.

Da quando?

Da quasi due anni.

*Due anni?*

Sí.

E ti ha lasciato la sua roba?

Sí.

Ho indicato la sedia: Anche i pantaloni messi lí cosí?

No, ha detto, quelli non sono di Nicola.

Ho aspettato che mi dicesse di chi erano, ma non l'ha fatto; e anche se avevo voglia di sapere, soprattutto di sapere com'era stata la sua vita da quando ci aveva lasciato, non ho aggiunto nulla. E per quanto riguarda l'amore, be', mio padre aveva la tizia pitturata di verde e di blu, Asia aveva Andrea. Mamma poteva vedersi con chi voleva, era un suo diritto. Ho pensato a Viola e ho sentito una fitta al centro del petto. Dovevo chiamarla, o scriverle, chiederle scusa. Luca si è precipitato in camera con un asciugamano legato al collo, i braccioli già infilati e un costume tappezzato di immagini di Joker. Ha fatto una capriola sul letto e ha cominciato a saltarci sopra facendolo cigolare.

Le pozze erano a venti minuti a piedi dalla casa; bisognava seguire un sentiero che si dispiegava nel bosco tra mucchi di felci e ortiche e raggiungeva il torrente ai piedi di una grande roccia, sotto una piccola cascata. L'acqua era gelida ma Luca ci si è tuffato come in piscina e ha detto che se non mi tuffavo subito anch'io ero un cagasotto e mamma era *vecchia* – e quando lei ha fatto finta di avere paura del freddo lui ha cominciato a gridare: Vecchia vecchia vecchia, e cosí ci siamo tuffati insieme, io e mamma, e ci siamo avventati su di lui per affogarlo – ci siamo schizzati imprecando per il freddo.

Quando siamo usciti ad asciugarci, mentre Luca giocava a costruire una diga, ho chiesto a mamma di farmi vedere il tatuaggio. Lei ha allungato il braccio. Era un ramo di rosa, pieno di spine, che le mordeva la pelle facendola sanguinare. Ho detto: Bello.

Ha annuito.

Perché l'hai fatto?

Mi piaceva.

L'hai fatto per Nicola?

Per Nicola? Perché avrei dovuto farlo per Nicola?

Ho indicato l'elettrocardiogramma che aveva sul petto e sbucava dal pezzo di sopra del costume: Quello l'hai fatto insieme a papà.

No, questo non c'entra con Nicola. L'ho fatto per me. Per me sola.

Ho seguito con lo sguardo un uccello volare da un albero a un altro, in bocca stringeva qualcosa, forse del cibo: Quanto posso restare?

Ercole, ma… ma puoi restare quanto vuoi. Questa è casa tua.

È estate. Non ho niente da fare.

Luca sarebbe f-felice di avere una scusa per dormire sul materassino il resto dell'estate.

Non ho vestiti. Non ho nulla.

Puoi tornare a prenderli?

E cosa dico a papà?

Papà non sa che sei qui?

No.

Mamma si è guardata la punta dei piedi: Lui come sta?

Bene, ho detto.

E Asia?

Anche lei. Stanno tutti bene. Asia è andata a vivere con il suo fidanzato.

Davvero?

Già.

È già cosí grande?

Ha vent'anni.

Ha ripetuto: Ha vent'anni. Poi: Chi è lui?

È il suo datore di lavoro. Si chiama Andrea. Ha una trattoria. Asia lo aiuta in cucina. Lei è strepitosa in cucina.

Mamma ha sorriso, ma come fosse triste: Chissà da chi ha preso. Io in cucina sono sempre stata un disastro.

Ho cercato di ricordare un piatto che cucinava di cui fossi ghiotto per dirle che no, anche lei era brava, ma non me n'è venuto in mente nessuno. Non so cosa mangiavamo prima che se ne andasse. I miei ricordi legati al cibo cominciano con i mischioni di Asia. Luca mi ha chiamato. Era riuscito a bloccare una ranocchia in un angolo del torrente e voleva che lo aiutassi a prenderla in mano. Siamo tornati a casa che il sole stava tramontando. La sera sono scivolato in un sonno profondo, senza sogni. Nel mezzo della notte Luca si è lamentato, non so per cosa; gli ho chiesto se andava tutto bene senza neppure aprire gli occhi. Lui è uscito dal sacco a pelo e si è sdraiato nel letto accanto a me. Gli ho fatto posto addossandomi al muro. Tra i capelli aveva l'odore del torrente.

E cosí, alla fine, è successo che mamma mi ha dato i soldi per la corriera in modo che potessi tornarne a Torino a prendere ciò che mi serviva, anche se ciò che davvero serviva era ogni minuto che l'estate mi avrebbe concesso. Durante il viaggio ho fatto scorrere lo sguardo fuori dal finestrino. La testa era piena di api. Faticavo a credere a ciò che stava capitando. Per quanto ne sapevo negli ultimi sette anni non mi aveva mai cercato, eppure sembrava felice di avermi con sé. Non capivo come fosse possibile.

Arrivato a casa ho sperato che papà non ci fosse: non avevo voglia di vederlo, di dovermi giustificare, di parlare con lui di mamma. Non sapevo come l'avrebbe presa. Chissà cosa gli aveva detto Asia. Chissà se aveva confessato di avergli nascosto le cartoline. Se gli aveva detto che ero da mamma, e dove, e se per caso non gli andava, be', allora aveva solo da venirmi a riprendere. Asia possedeva il numero da cui l'avevo chiamata – ero certo che l'avesse salvato – e quindi poteva telefonare.

A casa papà non c'era. Aveva raccolto i cocci di vetro e tirato su le sedie, ma il pavimento era appiccicoso. Ho preso una borsa e c'ho messo dei jeans, le magliette, le mutande, le calze. Ho preso il mio spazzolino da denti e il mio accappatoio. Non mi sembrava che servisse altro. Ho riflettuto se passare da Asia e Andrea in trattoria – *a dire cosa?* – e ho deciso di no. Ho preso un pacco di cracker, una mela che attorno c'aveva già i moscerini, e sono andato a riprendere la corriera.

# Cinque

> La pallottola è già nel cervello; l'attività cerebrale non potrà continuare in eterno a superarla in velocità, e niente la fermerà per incanto.
>
> TOBIAS WOLFF

Un kit di sopravvivenza dovrebbe contenere: un acciarino per accendere il fuoco; dei fiammiferi, nel caso in cui non si riuscisse ad accenderlo con l'acciarino; una candela; ago e filo; delle compresse per depurare l'acqua, quella che potrebbe far venire febbre e cagozzo; una bussola; uno specchio per riflettere la luce o per guardarsi in caso di bisogno, tipo se ci si deve disinfettare un taglio sulla guancia; ami da pesca e lenze; filo, che di filo non se ne ha mai abbastanza; spille da balia per unire teli o vestiti; una sega a filo metallico per tagliare i rami. Guide e mappe. Razioni di cibo. Il necessario per il primo soccorso.

La prima notte nel bosco io e Luca ci siamo portati: una torcia – perché il fuoco era vietato e perché mamma aveva detto che le faceva paura; una tavoletta di cioccolato; un fischietto che Luca aveva insistito per portare e che sarebbe servito a cacciare gli animali feroci; due cerotti; due coperte e un solo sacco a pelo. Niente tenda, ma tanto non pioveva. Ci siamo allontanati dalla casa a sufficienza da non vedere piú la luce delle finestre. Sdraiati a terra, uno accanto all'altro, abbiamo inventato nomi per le stelle che scorgevamo tra le cime degli alberi. Luca le indicava con la torcia e il raggio si perdeva nello strappo di cielo tra le foglie. Il bosco era una sinfonia di scricchiolii e l'aria conteneva mille odori cui non ero abituato. Di nuovo, ho pensato che non sarebbe stato male vivere cosí.

Luca, nonostante l'età, aveva un gran senso dell'umorismo, un modo leggero di starti accanto. Osservandolo brandire la torcia come una spada laser ho pensato che era bello, oltre a una sorella, avere anche un fratello maschio. Ed era bello essere un fratello maggiore, oltre che uno minore. Nell'essere un fratello maggiore c'era una responsabilità nuova; era elettrizzante. Luca faceva un sacco di domande cui non sapevo rispondere, e mi è venuto da pensare che siamo tutti adulti rispetto a qualcun altro e che esserlo non significa *sapere tutto*; ma quando faceva una domanda cui non sapevo rispondere, da qualche parte, in un posto profondissimo dentro di me, mi sentivo in difetto. Mi veniva voglia di andare a studiare per soddisfare la sua curiosità. Ho pensato che grandi e piccoli si educano a vicenda, e che la curiosità è la cosa piú importante del mondo.

Una luce ha graffiato il cielo per poi dissolversi al centro dell'Orsa Maggiore. Luca è scattato in piedi: Una stella cadente! Hai visto? Una stella cadente! E mi ha subito chiesto com'è che funzionavano le stelle cadenti; mi sono inventato una storia buffa che lo ha fatto scompisciare e ho pensato che appena riuscivo lo avrei scoperto, come funzionavano.

Poi, non so come ci siamo messi a parlare di mio padre e di suo padre. Ha detto che la cosa che si ricordava di piú era che con lui si divertiva molto; che lo faceva ridere. Mi ha chiesto se anche mio padre era divertente e io gli ho detto di sí. Luca ha chiesto di raccontargli una cosa buffa che avevo fatto con lui e a me è venuta in mente com'era andata a finire quella storia del tizio pelato, quella di quel giorno che ero stato costretto ad affrontare le cantine e a trascinare via papà per evitare che si facesse vedere sbronzo. Erano ormai trascorsi, chessò, tipo sette anni, ma lo ricordavo come fosse ieri. Mentre io vagavo con lui per il quartiere il tizio pelato aveva detto ad Asia di essere stato mandato da don Lino perché a quanto pare papà aveva visto il parroco scaricare il vino da messa, si era offerto di aiutarlo, e una scatola da sei bottiglie era sparita nel nulla. Don Lino riteneva che papà potesse saperne qualcosa. Il giorno dopo, quand'era rientrato a casa dal mercato, e io ero in camera a disegnare mostri e Asia da una compagna di classe, avevo controllato che fosse sobrio, l'avevo raggiunto in cucina e raccogliendo il coraggio dei miei otto anni gli avevo detto: Devi andare da don Lino.

Perché?

Dice che hai rubato del vino da messa.

Non è vero.

Devi andare a parlargli.

Quel prete è un dannato bugiardo, non ho nulla da dirgli.

Se non vai ci manda di nuovo quel tizio pelato di buon cuore.

Quale tizio?

Quello che è passato ieri a vedere come stiamo.

Noi stiamo alla grande, aveva detto papà aprendo il frigorifero in cerca di una birra o di qualcos'altro. Ma il frigo era vuoto. Aveva sbuffato dal naso. Lo aveva richiuso. Era rimasto a fissare la porta tappezzata di post-it come i maghi fissano i bauli prima di estrarne una ragazza coperta di lustrini, quindi l'aveva riaperta di scatto: ma dentro c'erano ancora e soltanto carote e croste di formaggio. Aveva atteso che capitasse qualcosa che non era capitata, quindi si era voltato, fissandomi, e negli occhi gli si era accesa una luce: Vieni con me, aveva detto.

La parrocchia di don Lino era sul corso lungo cui si snoda il mercato. Avevamo suonato, ci avevano aperto, e alla scrivania, nel corridoio di fronte all'ufficio del parroco, era seduto lui: il tizio pelato. Ricordo di aver pensato: *D'oh!* perché all'epoca guardavo un sacco i Simpson e con i miei compagni di classe dicevamo *D'oh!* in continuazione. Vedendoci entrare si era alzato e aveva allungato un braccio, offrendo la mano per presentarsi; aveva detto che il giorno prima era venuto a casa nostra e aveva avuto il piacere di conoscere Asia – una bambina *deliziosa*. Papà aveva ignorato la mano. In compenso aveva allargato le braccia e si era sporto oltre la scrivania. Il signor Lorenzo aveva sbarrato gli occhi come di fronte ai fari di un camion che stesse per investirlo. E non sa, aveva detto mio padre, non sa quanto mi è spiaciuto non essere in casa in quel momento. Ero fuori. Al lavoro. Dare da mangiare a questa bestia – mi aveva arruffato i capelli – e a sua sorella è roba da minatori. Ha presente? Cibo a badilate. Lei ha figli?

No.

Bravo. C'è don Lino?

Glielo chiamo.

Non si disturbi. Papà mi aveva preso per mano e aveva girato attorno alla scrivania. Il pelato non aveva fatto in tempo a dire *vangelo* che eravamo dentro. Don Lino stava fumando il sigaro accanto alla finestra accostata da cui entrava una brezza leggera. La radio trasmetteva musica in punta di piedi e nell'aria c'era odore di carta. Era la prima volta che entravo nel suo ufficio. C'erano due grossi quadri dalle ombre imponenti, con tanto rosso e tanto giallo e una donna dallo sguardo eccitato, cassettiere di legno, un candelabro, una raccolta di vhs sopra un vecchio videoregistratore, ma soprattutto c'erano libri ovunque: sottili e voluminosi, antichi e nuovi, con lettere dorate in rilievo o avvolti nel cellophane, accatastati sulle mensole, impilati sopra una cassapanca, persino a terra. A casa nostra di libri non ce n'erano. Giusto quelli di scuola, miei e di Asia. Avevo pensato che per averne cosí tanti, be', in quelle pagine doveva per forza esserci scritto un non so che di valore – qualcosa che valesse la pena.

Don Lino aveva aspirato dal sigaro e rilasciato uno sbuffo attraverso lo spiraglio della finestra. Pietro! aveva esclamato felice.

Don Lino! aveva risposto papà con la stessa enfasi.

Il sacerdote aveva spento il sigaro in un posacenere nascosto tra i vasi. Mi aveva sorriso: E il piccolo Ercole.

Avevo alzato mezza mano e mosso le dita. Non mi sentivo affatto a mio agio.

Don Lino, aveva detto papà, so che mi cercava.

Pietro, hai presente quelle scatole di vino da messa che mi hai aiutato a scaricare tre giorni fa?

Sí.

Ne manca una.

Davvero?

Ne sai qualcosa?

No.

Sicuro?

Sí.

Perché in macchina erano dodici, ne sono certo.

Papà aveva alzato un sopracciglio e abbassato la voce: Don Lino, non è che... Aveva indicato la porta con il pollice. Lei si fida di quel tizio pelato? Ha certi occhietti.

Lorenzo? È astemio.

La faccia di papà si è stropicciata: Davvero?

Don Lino aveva annuito.

Mai fidarsi degli astemi. Magari l'ha rivenduta.

Don Lino aveva aperto la bocca come per cominciare a

parlare, poi si era fermato e mi aveva infilzato con due occhi pieni di amore: Ercole, non è che andresti di là ad aspettare?

Ero uscito. Mi ero seduto su una sedia accanto a un vaso pieno di fiori profumatissimi. Il signor Lorenzo si era grattato i baffetti, stava scrivendo qualcosa al computer e sembrava molto concentrato. Caramella? mi aveva chiesto senza staccare gli occhi dallo schermo.

Io l'avrei voluta, una caramella, ma avevo pensato che era meglio non fraternizzare con il nemico. Invece, avevo chiesto se potevo bere qualcosa. Lui aveva detto: Certo, e dopo aver battuto qualche ulteriore parola si era alzato. Eravamo entrati nella cucina della sagrestia, dove ero stato altre volte e dove don Lino teneva le bibite per le feste del catechismo e le caramelle gommose che regalava la domenica. Impilate una sull'altra, sotto la finestra, c'erano le scatole di vino da messa. Mi aveva chiesto se mi andava un bicchiere di Fanta. Per prendere tempo stavo per dirgli che la Fanta non mi piaceva perché l'avevano inventata i nazisti durante la Seconda guerra mondiale – che era una cosa che mi aveva detto Marcello – ma in quel momento don Lino aveva urlato: Lorenzo. Il tizio si era affacciato alla porta. Don Lino aveva detto: Vieni qui un attimo. Lorenzo era uscito lasciandomi solo e il mio primo pensiero era stato: Papà è un genio.

Avevo aperto la finestra e sollevato una scatola di bottiglie appoggiandola sul davanzale che dava sul cortile, poi ero salito su una sedia e mi ero arrampicato sul davanzale. A quel punto avevo agguantato la sedia e l'avevo posata all'esterno. Ci avevo poggiato un piede sopra, afferrato la scatola, ero sceso e l'avevo deposta a terra con lo scrupolo di un artificiere. Ero risalito sul davanzale. Stavo per riprendere la sedia quando la voce di don Lino era rimbombata nel corridoio. Cosí avevo chiuso la finestra in fretta e furia, afferrato un bicchiere e aperto il rubinetto del lavandino. In quel momento era entrato Lorenzo. Avevo ingoiato l'acqua per nascondere il fiatone. Dietro erano apparsi papà e don Lino. Don Lino era raggiante. Papà aveva un'aria contrita e docile.

Tuo padre è una brava persona, aveva detto don Lino. Stagli accanto. E mi raccomando, sii ubbidiente. Fa' sempre ciò che ti dice di fare.

Usciti dalla parrocchia avevamo fatto il giro per accedere al cortile attraverso una porta laterale e recuperare il vino.

Allora? gli avevo chiesto mentre entravamo di soppiatto.

Cosa?

Ti sei confessato?

Sí.

Che gli hai detto?

Che te ne frega?

...

...

Ma glielo hai detto che avevi preso anche l'altra scatola?

Certo. Mica si può mentire mentre ci si confessa.

Ma se...

Adesso. Non c'è nessuno. Corri.

...

Non dimenticare la sedia.

Che ce ne facciamo?

Portiamola a casa.

La sedia?

Aspetta. Vedo Lorenzo alla finestra. Abbassati.

...

...

...

Adesso. Vai vai vai.

Luca ha detto che senza dubbio il mio era il padre piú divertente del mondo.

I giorni sono ruzzolati via. Mamma lavorava tre mattine e due pomeriggi la settimana dalla vedova del capitano, e quando lei era al lavoro io e Luca andavamo alle pozze a fare il bagno, costruivamo rifugi di rami e fango, e ci infilavamo a vicenda le lucertole nelle magliette. Quando mamma era a casa si cercava di stare tutti e tre insieme, ma lei aveva spesso mal di testa, soprattutto dopo pranzo; un dolore bianco che la costringeva a letto, persiane accostate e finestre aperte, per chiudere fuori il sole e lasciare invece che l'aria le accarezzasse i piedi.

Nelle ore fresche stavamo fuori a giocare. Facevo indossare a Luca il vecchio casco da football americano, quello giallo con il numero dieci che penzolava da uno spuntone del muro esterno della casa, e giocavamo con un cuscino al posto della palla. Nelle ore calde disegnavamo. Ma questo mi faceva pensare a Viola e pensare a Viola mi rattristava e finivo per disegnare transpallet elettrici. Quando Luca mi ha chiesto cos'era un transpallet elettrico sono stato in grado di spiegarglielo, ma quando mi ha chiesto perché li conoscevo non me la sono sentita; perché nonna era anche *sua* nonna, e mi sembrava troppo piccolo per sapere che un transpallet l'aveva trascinata per una decina di metri tra cardi e cipolle di Tropea.

La sera del 24 giugno, dopo cena, la sera del mio compleanno, è squillato il telefono – che non squillava mai. Ha risposto mamma. Era a letto con uno dei suoi mal di testa, ma quel pomeriggio aveva preparato una torta al cioccolato, avevamo cantato *tanti auguri a me* e io avevo spento una candelina. Lei e Luca mi avevano regalato un cappellino da baseball con la visiera fosforescente. Stavo guardando la televisione con mio fratello, scarabocchiando facce sul taccuino di una compagnia di assicurazioni. Ho allungato il collo e attraverso la fessura della porta l'ho vista sollevarsi e aggiustarsi i capelli come se la persona all'altro capo del telefono potesse vederla, inumidirsi le labbra con la lingua per non incespicare: Quasi non ti riconoscevo. Hai cambiato voce.

…

No, non hai disturbato. Scherzi?

…

Ora te lo chiamo, ma… tu come stai?

…

Sí. Anch'io.

…

F-forse potremmo…

…

Sí.

…

No, non è cosí te lo…

…

Sí.

…

Poi sono tornato a concentrarmi sulla televisione e ho alzato il volume. Dopo un paio di minuti mamma ha chiamato. Quando sono entrato in camera ha coperto la cornetta con la mano e muovendo le labbra ha disegnato la parola: Asia. Mi sono seduto sul bordo del letto; lei è tornata a sdraiarsi, dandomi la schiena.

Pronto?

Ehi, ha detto Asia. Tanti auguri.

Grazie. Com'è?

Non male. Tu?

Tutt'occhei.

Volevo dirti che papà non ha nulla a che fare con il furto avvenuto in quella azienda.

Bene.

E poi è passata Viola.

Viola?

Sí.

Dove?

Alla trattoria.

E perché?

Ercole... secondo te?

Come l'ha trovata?

Pensavo glielo avessi detto tu. Non gliel'hai detto tu?

Credo di averle detto che lavoravi in una trattoria, non in quale.

Be', fatto sta che è venuta qui stamattina. Ti cercava.

E...?

E ha chiesto che fine avevi fatto, visto che insieme ad alcuni adolescenti della tribú degli uomini rossi sei l'unico quindicenne del pianeta a non avere un cellulare.

Era arrabbiata?

Sí, sembrava arrabbiata. Cosa le hai fatto?

Niente... non sono affari tuoi.

Ehi, *scusa* se mi sono presa la briga di chiamarti.

Cosa le hai detto?

Che eri da alcuni parenti.

*Parenti?*

Non sapevo cosa sapeva. Cosa dovevo dirle, che eri in viaggio dagli Appennini alle Ande? Ha detto di chiamarla.

...

Ci sei?

Sí, ho risposto. Grazie. Ho rivolto lo sguardo alle finestre e ho sentito la notte premere contro le persiane come un animale feroce. E cos'hai detto a...? Mamma si è mossa nel letto, ha strusciato le gambe. Sono rimasto in silenzio per un tempo abbastanza lungo da far capire ad Asia che intendevo *papà*, ma che non volevo dirlo.

La verità.

Tutta?

Tutta.

Anche delle cartoline?

Sí.

Oh. E lui?

Ha scrollato le spalle. Ha detto che non gli interessava, che avevo fatto la cosa che ritenevo giusta e che ciascuno...

Che ciascuno è libero di fare quello che vuole.

E che sapeva che prima o poi saremmo andati a cercarla. E che il primo saresti stato tu. Ha detto che, per quanto lo riguarda, puoi stare da mamma quanto vuoi.

Il vento ha mosso la persiana.

Lo sai che non ti cercherà lui, vero?

Sí.

Dopo un attimo di silenzio Asia ha detto: Non puoi parlare?

No.

Lei è lí?

Sí.

...

...

Le... insomma, le cose vanno bene?

Ho mugugnato nella cornetta come a dire: sí. Ed era vero. Ero tranquillo. Mi mancava Viola. Certe volte mi mancavano anche Asia e papà. Ma alla fine dei conti stavo bene e non sapevo se a settembre, con l'inizio della scuola, avrei avuto voglia di tornare a Torino. Ma ad Asia questo non l'ho detto. La luce di un lampo è filtrata attraverso le stecche delle persiane, poi un tuono, subito dopo: come un tronco che si spezza. Luca ha gridato: Temporale! E l'ho sentito scalpicciare scalzo verso la finestra nella speranza di vedere un fulmine colpire un albero – una delle cose che nessuno dei due aveva mai visto.

Il giorno dopo ho telefonato a Viola. Era alla stazione con la principessa Leila – sempre lei – e un'altra compagna. Erano dirette al mare, da qualche parte in Liguria dove la nonna di Leila aveva un appartamento. Non abbiamo parlato molto. Non ho mai capito come si possa sostenere una vera conversazione, al telefono. A dare retta solo alle parole, non so, mi sembra di essermi perso qualcosa; che ci fosse dell'altro; e che forse dovevo prestare maggiore attenzione. Fatto sta che quello che ho capito è che era venuta a cercarmi per confermarmi che mi ero comportato come un idiota, un idiota violento, oltretutto, ma che nonostante mi fossi comportato come un idiota – violento – non voleva conservare la mia fuga dalla piazza come ultimo ricordo. Per cui, fermo restando che probabilmente avremmo comunque smesso di vederci, voleva darmi la possibilità di spiegare.

Questo è quello che ho capito.

Quello che le ho detto è che avrei potuto fornirle un elenco lunghissimo di motivi che non avrebbero giustificato il gesto, ma che lo avrebbero…

Contestualizzato? ha detto lei.

Ecco, ho detto, quello. Anche se non ero certo del significato della parola. Ma non avevo voglia di dirle di mio padre portato via dalla polizia o delle cartoline nascoste da mia sorella. Se glielo avessi detto le avrei fatto pena, avrei trasformato la sua rabbia in compassione: lo stesso sentimento delle persone di buon cuore, che ti amano non per quello che sei ma a prescindere, per lo schifo di vita che hai avuto. Per questo le ho detto di lasciar perdere e lei deve aver preso quel *lascia perdere* dal verso sbagliato, perché ha detto che stava arrivando il treno e che tra *un due tre* avrebbe chiuso, e se non sentivo il bisogno di spiegarmi allora potevo anche andare affanculo. A quel punto ho aperto la bocca per ricucire, ma le parole si erano perse da qualche parte nelle gambe e non ho fatto in tempo a tirarle su, ed essendo al telefono non poteva leggermele sulla faccia. Ho sentito il rumore del treno. Poi piú nulla.

Non so quanto tempo sono rimasto seduto sul letto di mamma a fissare il vuoto. Credo finché Luca non si è fiondato in camera, elettrizzato e sporco di fango, a dire che aveva trovato un ragno, e che se volevo potevamo dargli fuoco.

Perché sei andata via?

Gliel'ho chiesto cosí, mentre strofinava con una spugna insaponata una scarpa da ginnastica che si era macchiata di grasso, quello con cui si lubrificano le ruote delle bici. Mamma era in piedi di fronte al lavandino e sui fornelli c'era una pentola da cui usciva una nuvola di vapore, piena di acqua bollente. La caldaia della casa funzionava male e l'acqua calda era poco piú che tiepida. Gliel'ho chiesto in quel momento non perché lo ritenessi migliore o peggiore di altri, ma perché aveva sul volto un sorriso malinconico e rilassato che non le conoscevo, e ho pensato che fosse nello stato d'animo giusto per parlare del passato.

Lei, infatti, si è presa tutto il tempo necessario per tornare con la mente a quei giorni – non ha liquidato la domanda con una battuta e non ha cambiato discorso. C'ha pensato su continuando a strofinare la scarpa, lo sguardo che attraversava la schiuma e affondava nel lavandino. Ha inspirato come se avesse bisogno di molta aria per dire ciò che aveva da dire: È successo al funerale di nonna. Ti ricordi che pochi giorni prima c'era stato il funerale di nonna?

Certo.

Mia madre, be', lei era sempre stata un punto di riferimento, per me. Non puoi saperlo, non credo tuo padre te l'abbia mai raccontato, ma tua nonna ha avuto una vita *davvero* complicata.

Perché?

Perché era l'ultima di dieci figli e i suoi genitori sono morti che lei era piccola e da quel momento se ne sono occupati i fratelli maggiori, che però avevano altro cui pensare. Motivo per cui si è sposata presto. Con il primo marito.

Intendi prima di nonno?

Sí. Uno che le ha fatto passare le peggio cose e che lei ha avuto la forza di lasciare per mettersi con mio padre, che non era uno stinco di santo, ma che almeno non le ha mai messo le mani addosso. Ha avuto una vita difficile, ma ha sempre lavorato. Lavorato duro. E si è occupata di me come meglio poteva facendo anche la parte di mio padre, per il quale, invece, sono sempre stata una specie di inevitabile conseguenza.

Lo ricordo poco, nonno.

Non mi stupisce.

Ricordo la faccenda dei cani.

Tomba?

Sí. Tomba. Il rottweiler.

Penso preferisse lui a chiunque di noi. In ogni caso non credo ti abbia mai rivolto la parola se non per dirti di girare alla larga. Chi stava con voi era nonna.

Nonna mi ha insegnato a disegnare.

Oh sí! Disegnava benissimo. E comunque… è successo al funerale. Mentre il prete parlava mi sono girata a osservare te e Asia. Sembrava vi foste persi nella folla, seduti su una panchina in attesa che qualcuno vi ritrovasse. Poi c'era mio padre, alla vostra destra. Stava scrivendo qualcosa sul taccuino che usava per tenere i conti delle scommesse.

I combattimenti tra cani?

Non lo so. Immagino di sí. E… Mamma si è grattata il naso con la mano coperta di schiuma: Ho pensato che tra i due, tra loro due, mio padre e mia madre, io ero piú simile a lui. Non volevo. Ma era cosí. Ho pensato che fino a quel momento avevo dato tutto quello che potevo, come madre, solo perché c'era *lei*, la mia, e volevo mostrarle di essere all'altezza. Ma non era cosí. Ciò che di bello c'era in me proveniva da lei. Le debolezze da mio padre. E io non volevo contagiarvi con le mie debolezze. Ho pensato che se non ero in grado di essere una buona madre, allora era meglio sparire, e lasciare a vostro padre la responsabilità. Lui era migliore di me. Lui sembrava, sí, *distratto*. Ma… non so. Pensavo che anche quello fosse colpa mia.

A quel punto mamma mi ha guardato di sottecchi, imbarazzata, quasi si aspettasse una reazione. Ma io non avevo nulla da dire. Per il semplice fatto che non capivo. Non capivo la questione delle debolezze, soprattutto: di che debolezze parlava? Non capivo come poteva considerare papà migliore di lei. Intendiamoci, amo mio padre, ma mio padre, insomma, è quello che è. Non capivo. Cosí gliel'ho detto. Perché era uno di quei giorni in cui sembra si possa dire tutto; che basti dare un nome ai problemi per risolverli. Poi lo so che non è sempre cosí, ma.

Ho detto: È stato per la droga?

Ha lasciato cadere le mani nel lavandino.

Asia mi ha raccontato di quando sono nato. Che papà non c'era perché era stato preso dalla polizia mentre ti comprava del fumo.

Mamma ha deglutito.

È stato per quello?

Anche.

Ho cercato le parole migliori per dirlo: Era un problema grave?

Mamma è andata a recuperare un sorriso chissà dove e si è aggiustata i capelli, un boccone di schiuma le è rimasto sulla fronte. Ha parlato con una voce sciocca: Ti sembro grave?

Ho detto che mal di testa a parte mi sembrava in forma.

Infatti. Poi ha aggiunto: Ma poteva esserlo. Grave, voglio dire. È c'è stato un momento in cui ho pensato che lo stesse diventando e che potesse coinvolgere voi. Ho avuto paura di farvi del male.

Non ci hai mai fatto del male.

No.

Me lo ricorderei, ho detto.

Sí.

E meglio di me se lo ricorderebbe Asia.

Lei se lo ricorderebbe, sí.

E invece non è mai successo niente.

Perché sono andata via.

E quando ti sei accorta che non ci avresti fatto del male non ti è venuta voglia di tornare?

Milioni di volte.

Ma non l'hai fatto.

Ci ho provato.

Ma non ci sei riuscita.

Mamma ha guardato fuori dalla finestra. Le cime degli alberi di fronte alla casa erano illuminate dal sole e la luce obliqua del pomeriggio staccava dai rami ombre sottili e nette. Ha detto: Non sempre quando si prova si riesce.

Fare o *non* fare, ho detto. Non c'è provare.

...

Lo dice Yoda a Luke.

Mamma ha sorriso, ed era un sorriso di burro.

Non ci avresti fatto del male.

Lo sai che assomigliavi a Yoda appena nato?

Con piú capelli, però.

Proprio cosí. Solo con piú capelli.

La mattina del giorno dopo sono andato con Luca in paese, da un tizio che mi era stato consigliato da mamma e che pur non essendo un vero ciclista era quello da cui tutti andavano a far aggiustare le biciclette. La mia era rimasta accasciata all'esterno della stazione di Pinerolo fino alla metà di luglio, poi avevo scoperto che in certi orari potevo caricarla sulla corriera ed ero andato a prenderla. Era stato Luca a insistere per ripararla. Lui ne aveva una sua piccola e diceva che se io avessi fatto riparare la mia potevamo fare le gare. Cosí l'abbiamo spinta dal quasi-ciclista che si chiamava Giuseppe, ma che tutti chiamavano Ercole – *esatto* – perché era appassionato di caccia ai cinghiali e Ercole, quello originale, a quanto pare ne aveva ucciso uno feroce, in Grecia, uno che terrorizzava tutti. Ma il fatto è che nel caso di Giuseppe il nome Ercole era una presa in giro, perché durante una battuta un cinghiale lo aveva aggredito, lui si era spaventato e s'era sparato a un piede.

Lo abbiamo trovato in cortile, chino sulla catena di una moto. Indossava una tuta da lavoro blu e attorno alla testa una bandana. Quando ci ha visto entrare ha detto: Buongiorno, signori.

Luca ha sorriso senza dire nulla. Io l'ho salutato chiamandolo signor Giuseppe e dicendo che mamma ci aveva detto di chiedere a lui per la gomma.

Sgonfia o bucata?

Bucata.

Si è alzato e si è pulito le mani dal grasso della catena con uno strofinaccio: Dài qui, ha detto, vediamo che è successo. Ha preso la bici. Ha svitato il cappuccio e l'anello della valvola e l'ha estratta dal cerchione. Ha rimosso il copertone facendo pressione sui lati fino a sollevare un tallone. Ha sfilato la camera d'aria e ha trovato il buco cosí, guardandola e passandoci un dito sopra, ché piú che un buco, come ha detto lui, era una caverna. Si è seduto al tavolo, delle assi su dei cavalletti di legno, per pulire la superficie della camera d'aria, scartavetrando l'area attorno al foro per far aderire meglio il mastice. Per un po' ha lavorato in silenzio. Io lo osservavo e Luca giocava con un gatto facendogli penzolare un pezzo di spago davanti al muso. La facciata della casa era coperta da un fitto strato di edera che stava iniziando a soffrire il caldo dell'estate. Mi sono accorto che aveva gli occhi piccoli e un neo largo e piatto, in rilievo, accanto a quello sinistro. Poi senza sollevare lo sguardo ha detto: Non ti ho mai visto da queste parti.

Sono qui da poco.

Lui sí invece. Il piccoletto.

Sí.

Siete parenti?

Siamo fratelli.

Oh! E com'è che non ti ho mai visto?

Perché io abito... ho abitato a Torino.

Il signor Giuseppe ha annuito, come avesse capito, e non ha fatto altre domande. Ha preso la toppa e l'ha liberata dalla pellicola protettiva. Ha applicato la toppa sul foro e ha premuto con forza. A quel punto, ha detto, c'era da aspettare un paio di minuti, cosí ha chiesto se avevamo sete e prima che io potessi rispondere sí o no Luca ha detto che stava *morendo* dalla sete e che fosse stato possibile si sarebbe tuffato in una *piscina* di spremuta d'arancia. Al che il signor Giuseppe ha detto che aveva capito il messaggio e di aspettare un attimo; è entrato in casa e poco dopo s'è affacciato a una finestra chiedendo se nella spremuta ci volevamo anche del succo di limone. Abbiamo detto sí. Quando è uscito teneva in ciascuna mano un bicchiere grande, di quelli da birra con il manico, pieno di spremuta. Mentre noi bevevamo lui ha rimosso la seconda pellicola protettiva piegando la camera d'aria e facendo attenzione a che non venisse via anche la toppa. Due minuti dopo la bici era pronta.

Grazie, ho detto. Quanto le devo?

Facciamo venti. Otto per la toppa e dodici per le spremute.

Io devo aver fatto una faccia strana, perché lui è scoppiato a ridere battendosi le mani sulle cosce e ha detto che stava scherzando e che otto andava bene.

Come ti chiami? mi ha chiesto mentre mi dava due euro di resto.

Ercole.

Gli occhi piccoli sono diventati tondi come biglie: Mi prendi in giro?

No.

Non sai che in paese mi chiamano Ercole?

No.

Lui mi ha guardato dubbioso: Mi stai prendendo in giro.

Gliel'ho detto, sono appena arrivato. Perché la chiamano Ercole?

Perché sono forte come lui, ovviamente. Ha gonfiato il petto e i bicipiti. Luca l'ha imitato. Quindi vedete di rigare dritti. Ci siamo capiti?

Agli ordini, capo, ho detto facendo il saluto militare. Ho fatto salire Luca sulla canna della bici e siamo andati via.

Di chi è questa casa?

Mamma era seduta sul divano, le gambe ripiegate da un lato, stava leggendo una rivista femminile vecchia di anni. Io e Luca stavamo disegnando. O meglio, *io* disegnavo mentre lui diceva cosa e colorava il cielo e i personaggi.

La casa è di Nicola. Era dei suoi genitori.

Ho gettato un'occhiata a Luca per vedere se diceva qualcosa, ma lui era preso da un albero arancione. Ho detto: E se torna indietro e la rivuole?

Ci abita suo figlio. Non toglierebbe la casa a suo figlio.

Ma lui dov'è?

A questo punto è stata mamma a studiare Luca; mi ha fatto segno con gli occhi che era meglio non parlarne con lui presente. Io ho capito e lei è rimasta a osservarci; sembrava stesse ammirando qualcosa di prezioso e fugace, da cogliere al volo, prima che fosse troppo tardi.

Perché hai portato via da casa quel quadro, quando sei andata via?

Mamma ha arricciato il naso, come fa quando non capisce qualcosa.

Il quadro che hai in camera. E che era sul letto tuo e di papà.

Oh! Quello. Quello lo ha dipinto tua nonna.

Davvero?

Già.

È molto bello.

Era molto brava.

Ne ha fatti altri?

No.

Perché?

Non saprei. Riteneva quella passione una sciocchezza. Qualcosa di adatto a chi aveva tempo da perdere. E lei non ha mai avuto tempo da perdere. C'era da lavorare, pulire casa, badare prima a me e a mio padre e poi a voi. Non tutti possono permettersi di avere cura dei propri talenti. È questa la verità.

Ho già parlato del tempo, che il tempo è una strana bestia, quasi quanto il gusto – che è una roba *dentro* di noi, che a sei anni l'estate ti sembra infinita, a diciotto è già diverso e da adulto conti i mesi come da ragazzo contavi i giorni. Ecco, il modo in cui luglio e agosto sono scivolati via quell'estate. Ha dell'incredibile. Un tempo a fisarmonica, con giorni lunghissimi e immobili, la polvere che galleggia nell'aria, e giorni veloci, come lepri che fuggono verso le tane, per non farsi catturare.

Piú d'una volta ho cercato di arrabbiarmi con mamma: pensavo fosse una cosa da fare, che fosse parte dei miei doveri di adolescente fare una scenata ogni tanto, sfogarmi, rinfacciarle il modo in cui si era comportata. Avrei voluto urlarle addosso, darle della stronza, magari, dell'incapace, della vigliacca. Farle scontare una pena – farmi riconquistare. Ma niente, non ci sono mai riuscito. Nei suoi confronti, dal primo momento, avevo sentito solo e unicamente una grande tenerezza. Forse perché sono fatto cosí. Forse perché era cosí che le cose dovevano andare.

# Sei

... nel fumo di una bottiglia
destini scritti in faccia
dramma marchio di famiglia.

MARRACASH E GUÉ PEQUENO

A settembre si è presentato il problema della scuola. Ho pensato che non fare cazzate poteva essere la soluzione migliore. Abbandonarla non aveva senso. Cosí il giorno prima dell'inizio delle lezioni ho raccattato le mie quattro cose, mamma e Luca mi hanno accompagnato a prendere la corriera e ho fatto ritorno a Torino. Era la cosa giusta. L'estate aveva seminato in me tutto ciò che sarei stato in grado di raccogliere; non serviva dissodare ulteriormente il passato e da lí al futuro c'era di mezzo il presente. A Erta ho lasciato la bici, in ostaggio. Era stato Luca a pretenderlo: Questa la lasci qui, cosí sei costretto a tornare. Ho promesso che sarei andato a trovarli ogni fine settimana.

Papà mi ha accolto come fossi stato via mezz'ora, il tempo di comprare pane e latte. Mi ha salutato e ha chiesto se avevo visto cos'aveva combinato il Toro con il Napoli nel posticipo di campionato. Mi ha detto che doveva uscire, ma che Asia aveva portato della pasta al forno e ce n'era una vaschetta in frigo, bastava scaldarla. Non ha chiesto nulla di mamma, né in generale di ciò che era successo quella estate. Però uscendo mi ha rivolto uno sguardo – non lo saprei definire. Mi ha proprio *guardato*, come se mi vedesse. Intero. E io gliel'ho restituito intenso uguale.

Ha detto: Ci vediamo stasera. Ho mangiato la pasta al forno. Sono uscito. E avevo la testa leggera e fresca come se mi fossi appena fatto uno shampoo.

Sono andato da Asia. Era in trattoria. Quando mi ha visto entrare ha posato il taglierino con cui stava aprendo una scatola di caffè e mi è venuta incontro con passi tranquilli, ma si vedeva che si stava controllando; siamo rimasti uno di fronte all'altra qualche secondo, poi ha coperto la distanza rimasta allargando le braccia e stringendomi in un abbraccio. In fondo non ci eravamo piú visti dalla sera in cui papà aveva combinato i casini con la polizia e lei mi aveva mostrato le cartoline. Mi ha offerto una Coca e ci siamo seduti a un tavolo a chiacchierare. Mi ha aggiornato sulla sua estate – aveva trascorso una settimana con Andrea sulle Dolomiti – e io le ho raccontato qualcosa di Erta, di mamma e di Luca, ma giusto qualcosa, perché nonostante avessi da condividere delle buone notizie – o forse proprio per quello – ho capito che stava a sentire piú che altro per farmi un piacere, non perché fosse davvero interessata. Cosí a un certo punto ho cambiato discorso e le ho chiesto di Viola, se per caso fosse ancora passata da lí, chessò, anche solo per sbaglio.

No, mi spiace. Tu l'hai chiamata?

Sí.

E allora?

Ho fatto un casino.

Ai casini c'è sempre rimedio. *Quasi* sempre. Richiamala. Valla a cercare.

Ho appoggiato le mani sul tavolo e la fronte sulle mani: Mi vergogno.

Ti vergogni?

Sí.

Ma sei scemo?

Speravo mi cercasse lei.

Asia si è alzata a prendere la borsa. Chi vive sperando muore cagando, ha detto, ricordatelo. Dalla borsa ha preso il portafoglio, ha tirato fuori due biglietti da cinquanta e me li ha dati.

E questi?

Immagino tu sia al verde. Domani ricomincia la scuola. Ti serviranno libri, quaderni. Però non dire a papà che te li ho dati. Chiedili a lui i soldi per i libri. Anche per l'abbonamento dell'autobus.

Grazie.

A quel punto è entrata della gente e Asia è andata ad accoglierla. Sono rimasto al mio posto: l'ho osservata parlare, muoversi, prendere una prenotazione. Aveva sempre quel sorriso tagliato nel marmo, ma che era felice lo si capiva dal corpo, da come muoveva le mani. Prima che me ne andassi ha detto: Senti, ci servirebbe un aiuto in sala ogni tanto. Che ne dici?

Mi stai offrendo un lavoro?

In nero e ti pago poco.

Il sabato devo andare a Erta.

Va bene anche in settimana.

E se la mattina sono stanco?

Mi servi fino alle dieci, poi puoi anche andartene.

Mangio qui?

Certo. Ma chi lavora mangia alla fine del turno.

Ho appoggiato un dito alle labbra e ho valutato l'offerta: Affare fatto.

Era mercoledí. Il secondo mercoledí di settembre. L'autunno si giocava a bocce la città con un'estate cadente, mentre le foglie ingiallite se ne stavano aggrappate ai rami, immobili, come sempre a Torino, dove il vento non c'è mai. La città passeggiava verso un quieto ritorno alla normalità; c'era quell'energia buona che scaturisce dall'acquisto delle agende e dalla routine; le donne prendevano il caffè con le amiche, i compagni si passavano i compiti e indossavano le magliette comprate in Grecia o a New York, e la collana di cocco con ancora dei granelli di sabbia incastrati. Si percepiva l'odore dei propositi che accompagna ogni nuovo inizio.

Mercoledí era anche il giorno di Viola al chiosco. Prima di salire sull'autobus sono passato al *Barzagli* per salutare Marcello e ho scoperto che il caffè aveva chiuso ad agosto: ci sono rimasto di sasso. Il cartello sulla serranda diceva «Affittasi». Non potevo crederci. Il *Barzagli* era un pezzo della mia vita. Certi posti non possono chiudere cosí, bisognerebbe indire un referendum e far decidere la gente; non appartengono a chi li possiede, ma a chi ci va. E insomma, è stato pensando al caffè, a Marcello e al modo in cui le cose cambiano da un momento all'altro che ho attraversato il centro e ho raggiunto Vanchiglietta e il Cimitero Monumentale.

Che Viola non ci fosse me ne sono accorto mentre aspettavo al semaforo, dalla parte opposta della strada. Una ragazza in bombetta e papillon ha preso a giocolare di fronte alle macchine. La nonna stava potando una pianta; indossava un pullover celeste e un grembiule arancione.

Ehilà, ho detto.

Lei mi ha guardato da sopra gli occhiali e appena mi ha riconosciuto il sorriso da rospo si è spento: Ercole.

Buongiorno.

Buongiorno. Che fine hai fatto?

Sono appena tornato.

Lo vedo. Vacanze?

Ho mosso la mano come a dire piú o meno: Viola?

Oggi non viene. Domani comincia la scuola e aveva non so quale impegno. Perché la cerchi?

Io, be'... io volevo scusarmi.

Credo tu ne abbia motivo.

Mi sono guardato le scarpe: Già.

La nonna ha tagliato un rametto della pianta.

Come sta?

Viola? Oh, lei sta bene, lei sta sempre bene. A dirla tutta, Ercole, l'unico a essere riuscito ad amareggiarla negli ultimi tempi sei stato tu, spero te ne renda conto. Prima dài un pugno a mio nipote, poi sparisci nel nulla. Non so cosa pensare.

Ho combinato un casino.

È esattamente quello che hai combinato.

Ma io posso... credo di poterle spiegare, se non...

Sempre che lei abbia voglia di ascoltarti, ha detto la nonna indicandomi con le forbici.

Sí.

...

Ho sollevato lo sguardo e l'ho immerso in quello suo, acquoso e severo: Cosa faccio?

Non ne ho la piú pallida idea.

Lei cosa farebbe?

Io non sono te.

Senza essere me. Restando lei. Cosa farebbe?

La nonna ha lasciato cadere le forbici nella tasca del grembiule: Cercherei di capire il valore delle persone. E rifletterei sulle conseguenze del mio comportamento.

Ho trovato Viola a casa. Ho suonato e le ho chiesto di scendere. Lei è rimasta in silenzio per un tempo che mi è sembrato lunghissimo e che mi ha permesso di immaginarla appoggiata alla cassettiera dell'ingresso, mentre si mordicchiava il labbro inferiore con gli incisivi; poi ha detto: Non ho voglia di vederti.

Ho bisogno di spiegarti.

Anch'io avevo bisogno che tu ti spiegassi, Ercole. Tre mesi fa.

Sono successe un sacco di cose.

Non ne dubito. Anche a me.

Ho grattato la targhetta del citofono, ho detto: Non credo siano come le mie.

L'ho sentita soffiare col naso: Eccoti... ricominci a fare i paragoni tra le vite?

Non si tratta di fare paragoni. Cioè, tipo che ho ritrovato mia madre. Insomma, non è cosa da tutti i giorni.

...

Viola?

Sono felice che tu abbia ritrovato tua madre, Ercole. Sul serio. Ma resta il fatto che non ho voglia di vederti. O forse ho voglia, ma poi sarebbe un casino, e quindi preferisco evitare. E il fatto che ti siano successe cose come ritrovare tua madre, che sí, lo ammetto, non mi è capitato niente di simile quest'estate, quindi su questo punto hai vinto, be', mi fa solo piú incazzare. E sai perché? Perché non ti è sembrato importante condividerle, quelle cose. Siamo nel XXI secolo, Ercole, anche se tu hai deciso di far finta di niente. Esistono i telefoni, i messaggi. Potevi chiamarmi. Potevamo parlarne. Avrei voluto sapere. Potevo starti accanto in qualche modo. Ho salvato il numero da cui mi hai chiamata a fine giugno. Non so di chi fosse, non so da dove stavi telefonando, ma l'ho salvato col tuo nome e c'ho messo la foto che ti ho fatto al Valentino, quella in cui sorridi con la faccia da scemo. E ho passato l'estate, ogni volta che squillava il telefono, a sperare di vederla apparire quella tua faccia da scemo. E ora ti presenti qui di punto in bianco e cosa dovrei fare? Accontentarmi del riassunto? Arriva l'inverno e hai bisogno di me? 'Fanculo, Ercole, non sono il tuo riscaldamento centralizzato.

Il ronzio del citofono è scomparso, ho detto: Viola? Ma lei non ha risposto. Ho suonato di nuovo. Una volta. Due volte. A concentrarmi mi sembrava di sentire il suono del campanello sfiatare dalle finestre. Poi ho smesso e sono andato via.

Quella di mercoledí è stata la notte peggiore della mia vita. Non avessi avuto quindici anni avrei giurato che nei muri si erano dati convegno tutti i mostri dell'universo, incazzati per il fatto di non trovare nemmeno piú una crepa attraverso cui penetrare in casa. O forse non erano nei muri, i mostri. Viola aveva ragione. Non c'era molto altro da dire. Mi ero comportato da vigliacco nonostante avesse detto che ciò che maggiormente apprezzava di me era il coraggio. In fondo neppure andare a cercare mia madre era stato un gesto valoroso, ma piuttosto una reazione istintiva. Lasciare la propria casa durante un bombardamento è un gesto di autoconservazione; diverso è tornare indietro, tra le macerie e gli ordigni inesplosi, a recuperare qualcosa di importante. E io non l'avevo fatto.

Poco prima dell'alba ho sentito papà fare rumore in cucina e mi sono alzato. Ehi! ho detto entrando e andando a sedermi al tavolo.

Ehi! ha detto lui. Caffè?

Sí, grazie. Era vestito. Gli ho chiesto se stava uscendo o se era appena rientrato.

Sto uscendo, ha risposto. Ho un capannone da svuotare a Racconigi.

Vuoi che venga con te?

Non inizia la scuola, oggi?
E com'è che lo sai?
Lo hanno detto al telegiornale.
Oh! Comunque sí. Oggi inizia.
Vai a scuola, allora.
Papà ha spento la caffettiera, ha versato il caffè in due bicchieri di vetro – in casa nostra lo abbiamo sempre preso nel vetro – me ne ha sporto uno ed è rimasto in piedi, appoggiato al lavello. Fuori era ancora buio e dalla finestra entrava un filo di aria, insieme alla luce dei lampioni e al cinguettio degli uccelli. Siamo rimasti in silenzio per un po' a sorseggiare il caffè, lo sguardo perso sul tavolo, poi ho detto: Credi che avresti potuto fare di piú?
Papà ha alzato gli occhi per capire di cosa stavo parlando.
Intendo con mamma. Credi che avresti potuto fare di piú per evitare che se ne andasse?
Lo sai come la penso.
Ma come si fa a sapere che ciò che uno fa è davvero ciò che vuole? Magari uno ha bisogno di aiuto per fare ciò che vorrebbe. Oppure ha sbagliato a giudicarsi. Non credi che a volte noi stessi non sappiamo cosa è meglio per noi?
Sí, ha detto papà. Può darsi.
Quindi?
Quindi cosa? Anche tu non puoi sapere cosa è meglio per gli altri.
In questo modo non se ne esce.
Le cose vanno cosí, Ercole. E non puoi farci molto.

Ho continuato a pensarci per il resto della mattina, tra un saluto ai compagni e le prime ore di lezione. Ho continuato a pensarci durante l'intervallo, mentre gli altri si raccontavano del mare e della montagna. Ho continuato a pensarci tornando a casa. Mi sembrava che nella testa non ci fosse spazio per altro; mi mancava il fiato. Mi sono fatto una pasta, ma non avevo fame e l'ho lasciata rapprendersi nel piatto. Ho acceso la televisione, ma non c'era nulla che mi interessasse: ogni parola era vuota, ogni immagine senza valore. Ho pensato a Hans Schwarz e a Konradin von Hohenfels; al fatto che Hans avesse trascorso la vita convinto che Konradin fosse rimasto un nazista fino alla fine. Se Hans avesse avuto il coraggio di affrontare la verità, di *cercarla*, avrebbe fatto pace con Konradin molto prima. Poi d'un tratto ho sentito una frenata e un fracasso di ferro e lamiera e vetro. Mi sono affacciato. Una Panda era entrata dentro la fiancata di uno dei furgoni del mercato che stava facendo manovra. L'uomo alla guida del furgone è sceso senza un graffio, le mani nei capelli, mentre dall'auto è uscita una donna che anche dalla mia distanza si vedeva che perdeva sangue dalla fronte.

Non saprei dire cos'è stato: mi sono voltato, ho afferrato le chiavi e sono uscito. Avrei dato non so cosa per avere la bici, ma l'avevo lasciata a Erta. Cosí ho corso. Ho corso a perdifiato, sono salito sull'autobus per sei fermate, poi sono sceso di nuovo e ho ripreso a correre fino a casa di Viola. Ho suonato. Mi ha risposto la madre. Non ho detto chi ero, ho detto che ero un compagno, e lei mi ha risposto che era andata da sua nonna – senza dire dove: ma io lo sapevo. Cosí ho ripreso a correre. Il lungofiume. Il ponte. Un autobus al volo. Arrivato al chiosco sono quasi scivolato sui vasi di gerbere. Ero paonazzo e sudato. Viola non c'era. La nonna ha scosso la testa e ha bofonchiato che in fin dei conti erano fatti nostri, poi ha cambiato espressione, ha sorriso con il suo sorriso da rospo e ha indicato qualcosa alle mie spalle con le forbici con cui stava potando una pianta: Eccola, ha detto.

Non ho capito subito cosa volesse dire *eccola* perché

avevo un alveare nel cervello; poi mi sono voltato e Viola stava attraversando la strada. Ascoltava la musica con due cuffie bianche, enormi, che le premevano sui capelli rossi, piú lunghi e arruffati che mai. Era quasi arrivata quando mi ha messo a fuoco; si è fermata e nei suoi occhi è successo qualcosa. Dalle montagne è scesa una folata di vento anomala, ha disperso il fumo di scarico dai tubi di scappamento delle auto strappandolo a brandelli, ha sollevato pezzi di carta, coriandoli di una festa di bambini, ha scrollato gli alberi: e attorno a noi sono piovute un trilione di foglie gialle.

Nel Cimitero Monumentale di Torino sono sepolte persone come Silvio Pellico, che ha passato un sacco di tempo in prigione; Galileo Ferraris, uno scienziato che ha dato il nome a un liceo; Ferrante Aporti, uno che si è occupato di educazione e per questo gli hanno intitolato il carcere minorile; Primo Levi, di cui ci hanno fatto leggere un libro, a scuola, che prima o poi devo rileggere perché secondo me diceva delle cose enormi e la mia testa era ancora troppo piccola; e il Grande Torino, la squadra intera morta nella tragedia di Superga. C'è anche un sacco di altra gente famosa che non conosco, mentre Viola, non tutti, ma molti sí. L'ho scoperto passeggiando tra le tombe quel pomeriggio.

Viola c'ha messo un po' a trovare la voce, ma dagli occhi si capiva che l'unica domanda che aveva da farmi era: Che cazzo ti è saltato in mente?

Le ho chiesto scusa.

Non si tratta di chiedere scusa. Mi devi spiegare.

E cosí ho fatto. Ho spiegato. O almeno c'ho provato. Non ho tralasciato nulla. Non avevo mai parlato di me in quel modo, con quella cura. È stato come capire dove mi trovavo; come quando guardi una cartina della città appesa a un muro dentro una stazione della metropolitana e vedi il tondo rosso con scritto: «Tu sei qui». Viola mi ha fatto un sacco di domande che prima non aveva osato farmi perché non gliene avevo dato la possibilità. E non c'era giudizio nella sua voce, solo il desiderio di comprendere. Le ho detto di quella estate, dei poliziotti, di mamma e di Luca; di come le cose si stessero ricucendo attorno a me, un lembo alla volta. Lei ha ascoltato raccogliendo ogni parola e rigirandosela tra le mani.

E questo è tutto.

Devi chiedere scusa a mio fratello.

Lo farò.

Devi farlo, non c'è scampo.

Ho detto che lo farò.

Mi ha guardato con gli occhi socchiusi. Ha scosso la testa: Non so perché mi piaci cosí tanto, sai? Con te sembra sempre di camminare lungo uno di quei versanti che quando piove troppo vengono giú. Ma ho anche l'impressione che venisse giú tu ti metteresti a correre sul fango come un acrobata.

Ho detto: Non sono sicuro di aver capito. Ma mi sembra una cosa bella.

Sí.

E ti prenderei in braccio e ti salverei.

Be', questo da parte tua sarebbe carino. Viola ha stretto una ciocca di capelli e l'ha avvolta attorno a un dito. Ho desiderato follemente di baciarla.

Non lo farai mai piú?

Dare un pugno a tuo fratello?

Quello lo spero... intendo sparire cosí.

Non lo farò mai piú.

Me lo prometti?

Te lo prometto.

Viola ci ha pensato, poi ha detto: Occhei...
Mi credi?
Sí.
Le ho preso la mano e gliel'ho stretta.
Ora è meglio se torniamo da nonna.

Quel fine settimana ho preso la prima corriera del sabato; tutto era come l'avevo lasciato e questo mi ha stupito, quasi che in cinque giorni potesse succedere chissà cosa. Sarà stato per gli avvenimenti degli ultimi tre mesi, ma ormai ero pronto a tutto. Come con i terremoti, che l'energia si accumula, si accumula, si accumula: e tutt'a un tratto, il finimondo.

Il weekend successivo invece non ci sono andato perché Viola mi aveva chiesto di accompagnarla a vedere una gara di canottaggio, e dato che veniva anche suo fratello era l'occasione giusta per appianare la faccenda del pugno. Quel venerdí ho telefonato a mamma dalla trattoria per dirle che non ci saremmo visti, ma l'ho trovata in uno dei suoi momenti-emicrania. Ha mugugnato di non preoccuparmi. Ho chiesto di Luca, se me lo passava. Ha detto che non c'era. Ho chiesto dov'era e lei ha risposto di nuovo che non dovevo preoccuparmi, come fosse rimasta al discorso precedente.

Cosí, il terzo fine settimana dall'inizio della scuola, ho pensato di partire per Erta il venerdí sera, per stare una notte in piú. Non glielo avevo detto. Volevo che fosse una sorpresa. Guardando fuori dalla corriera mi sono accorto di quanto il panorama fosse cambiato dal giorno in cui avevo fatto quella strada in bicicletta. Le distese di grano che s'allungavano verso il sole erano scomparse, cosí come gli uccelli. Il sole era pallido e radente, e nei campi secchi color senape c'erano solo stoppie. Sono arrivato a Erta che era buio. La notte era colata sulla valle, tra le case e i boschi, insieme a una foschia appiccicosa che restava imbrigliata attorno ai lampioni e ai rami alti degli alberi. In giro non c'era nessuno, e l'illuminazione pubblica finiva poco prima del cimitero. Ma della strada che conduceva a casa di mamma, in fondo alla sterrata, conoscevo ormai ogni cespuglio, ogni roccia – la luce non serviva. Ho camminato indovinando i passi e godendo della paura infantile che sempre, quando mi trovo all'aperto, di notte, mi soffia sulle caviglie: la paura del sovrannaturale, di ciò che nell'oscurità si nasconde. Oltre al vento che strisciava contro il fianco della montagna si sentiva, lontano, il rumore del torrente.

Tra gli alberi è apparsa la finestra illuminata della sala, quella sopra l'angolo cottura. Ed è stato il riflesso di quella luce a disegnare nel buio del cortile il profilo di una macchina che non avevo mai visto, una vecchia Lancia parcheggiata con il muso rivolto alla porta, come per sfondarla.

Mi sono avvicinato all'auto e ho cercato di guardarci dentro. Era la prima volta che ne vedevo una davanti a casa; nel corso dell'estate non era mai venuto nessuno a trovare mamma. Sembrava che nessuno sapesse che viveva lí – o che a nessuno interessasse. I vetri dell'auto erano impolverati e nella penombra ho notato sul sedile posteriore delle lattine di birra vuote e accartocciate, e due cuscini quadrati coperti da fodere indiane; dal retrovisore pendevano braccialetti e collane di legno; sul cruscotto, tra i mozziconi di sigaretta, c'era una di quelle bamboline che ciondolano con le vibrazioni dell'auto: una ragazza hawaiana con una corona di fiori al collo. Sono andato verso la finestra della sala restando all'esterno dei quattro rettangoli di luce disegnati dal telaio, cosí da poter vedere senza essere visto. Luca era stravaccato sul divano e guardava la televisione ridendo alle battute di un cartone animato. La pentola sul fuoco. Il tavolo ancora da apparecchiare.

Mi sono mosso lungo il perimetro della casa. La stanza di Luca – la *mia* – era immersa nel buio: ho intuito il letto sfatto, il sacco a pelo abbandonato a terra e la pista per le macchinine smontata ai piedi dell'armadio. Ho girato attorno al fienile. Il vetro sabbiato del bagno diffondeva una luce morbida e dalla finestra socchiusa fuoriusciva del vapore. Lo scroscio della doccia. Nessuna voce. Ho proseguito. Le persiane della camera di mamma erano accostate. Mi sono avvicinato facendo attenzione a non far scricchiolare la terra. Con la punta delle dita ho allontanato una delle persiane come avrebbe fatto un soffio di vento. Ho atteso alcuni istanti, poi mi sono chinato e ho sbirciato all'interno. Mamma era sdraiata a letto e mi dava le spalle nella posizione *emicrania*, raccolta come un feto.

Qualcosa si è mosso alla mia sinistra, mi sono voltato di scatto. Era un micio. Si è avvicinato e mi si è strusciato contro le scarpe. Si è fatto grattare la testa e ha fatto le fusa. In quel momento si è accesa la luce in camera e una voce maschile ha detto: E che cazzo, dài, alzati. Non serve a nulla stare lí. Il mal di testa lo cacci con una birra. Non è ancora arrivato?

Ho cercato di riconoscere la voce, ma ero abbastanza certo di non averla mai sentita prima. Mamma ha risposto che no, non era ancora arrivato. Mi son detto che non stavano parlando di me, perché non sapevano sarei arrivato quel giorno. Mi aspettavano per la mattina dopo. Il cuore ha preso a battermi fuori tempo, nel petto e nella gola, come un percussionista ubriaco. Sono rimasto accucciato sotto la finestra a fare le coccole al gatto: se allungavo un dito lui lo annusava e strofinava il muso contro la mano.

Ho fame, ha detto l'uomo.

Mamma non ha risposto, o ha risposto a bassa voce. Mi sono allontanato curvo. Sono tornato alla macchina, ci ho girato attorno un'ultima volta, quindi mi sono diretto verso casa.

Entrando ho detto: Ehilà!

Luca si è alzato dal divano ed è corso ad abbracciarmi: Sai cos'è successo alla nostra diga? Me lo ha chiesto come per riprendere un discorso interrotto da poco.

No. Cos'è successo?

C'ho catturato un pesce.

Un pesce? Che pesce?

Non lo so. Era grande cosí.

Ha fatto segno con le mani e in quel momento alle sue spalle è apparsa mamma. E dopo di lei un uomo. Mamma ha detto: Tesoro, cosa ci fai qui? E ha mosso il polso per salutarmi come se io fossi su un pontile e lei su una nave in partenza, poi con la punta delle dita si è picchiettata la tempia destra. Aveva gli occhi segnati e una ruga sulla guancia che non le avevo mai visto.

L'uomo fumava una sigaretta. Era alto, gli stessi occhi chiari e sottili di Luca, i capelli brizzolati che dovevano essere stati biondi. Era abbronzato e la pelle sulla fronte era macchiata dall'eccessiva esposizione al sole. Indossava una maglietta grigia con la bandiera dell'Inghilterra. Luca si è staccato da me ed è corso da lui, ha detto: Questo è il mio papà, e si vedeva che era felice; gli si è stretto alla vita, infilando le dita nei passanti dei jeans, e ha affondato la faccia contro il fianco. L'uomo ha soffiato dal naso e mi ha osservato attraverso il fumo della sigaretta; poi ha fatto tre passi nella mia direzione tirandosi dietro Luca e mi ha offerto la mano, ha detto: Felice di conoscerti.

Gliel'ho stretta senza dire nulla.

In quel momento abbiamo sentito il rumore di una macchina avvicinarsi, poi il motore spegnersi in cortile, una portiera sbattere. Hanno bussato alla porta e senza attendere risposta è apparso Giuseppe Ercole, il tizio che mi aveva aggiustato la bici, con la stessa tuta da lavoro e la stessa bandana rossa attorno alla testa.

Nicola era stato in Calabria, o almeno questo è ciò che ha raccontato. Quello che mi è parso di capire è che lui e mamma a un certo punto avessero litigato e lui avesse sentito il bisogno di andarsene – di ritrovare *la strada*, che è un'espressione sua che mi ha fatto venire in mente il Grand Canyon, le strade lunghissime che attraversano l'Australia, dove alle motrici dei camion vengono attaccati tanti di quei rimorchi da farli assomigliare a dei treni, e la Patagonia, uno di quei posti dove, quando bazzicavo il *Barzagli*, io e Marcello dicevamo di voler andare un giorno o l'altro. E un giorno o l'altro Nicola ha promesso a Luca che lo avrebbe portato in Calabria; conosceva dei posti dove nessuno andava perché la gente è stupida e si ammucchia tutta come l'immondizia nelle discariche – questo ha detto, mangiando e continuando a fumare.

E tu che dici?

Ho alzato la testa dal piatto.

Nicola ha affogato un mozzicone nel bicchiere dell'acqua: Tu ci vieni in Calabria?

Sí.

Nicola mi ha studiato: Non sei uno che parla molto, tu.

Giuseppe ha raccontato di quando quell'estate io e Luca eravamo andati da lui a mettere a posto la bici, e ha detto che ero rimasto a lungo a osservarlo, in disparte, come se volessi imparare senza disturbare, e che gli era sembrata una bella qualità. Mamma ha riso in modo sciocco e ha detto che ero sempre stato cosí, fin da piccolo: uno che osserva e che se dice qualcosa lo dice se pensa abbia senso. Ha parlato di me in quel modo, come se non ci fossi, e io ho fatto finta di nulla e ho finito la carne che avevo nel piatto. Nicola ha atteso che contribuissi alla discussione, ma non avevo niente da aggiungere. Cosí si è stretto nelle spalle e si è acceso un'altra sigaretta. Mamma si è alzata per andare a prendere del gelato che aveva nel freezer e quando è tornata al tavolo per metterlo nei bicchieri lui l'ha avvinghiata e l'ha tirata verso di sé. Mamma ha riso e detto: Attento, mi fai versare il gelato. Lui le ha morso una spalla.

Dopo cena Giuseppe ha offerto a Nicola un sigaro, e sono andati a fumarlo nel bosco.

Quella notte ha fatto freddo. D'estate la casa era sempre fresca, impermeabile al caldo che premeva sulla valle, ma d'autunno il bosco assorbiva il gelo delle montagne. Mamma avrebbe voluto accendere il riscaldamento – per dargli una botta, ha detto – ma Nicola non ha voluto. Ha detto che al freddo ci si abitua, che il riscaldamento costa e che nessuno, né lui né lei, avevano soldi da buttare: se avevamo freddo una coperta in piú avrebbe fatto il suo. Io e Luca abbiamo dormito insieme. Lui si è infilato nel sacco a pelo, e si è coricato nel letto accanto a me. Nessuno dei due riusciva ad addormentarsi. Io continuavo a pensare a Nicola e che per mamma e Luca doveva essere bello averlo di nuovo accanto. Avrei dovuto essere felice per loro. Ma non lo ero. E mi sentivo in colpa.

Luca nel frattempo giocava con la pila, fingeva di conoscere il codice Morse e la usava per scrivere messaggi sul soffitto; cosí quando gli ho chiesto se fosse contento che suo papà era tornato lui ha acceso e spento la pila a caso – un intervallo luminoso piú lungo per le linee e uno piú corto per i punti.

Ho chiesto: Questo vuol dire *sí*?

Ha risposto con la stessa sequenza.

E come si dice *no*?

Ha acceso la pila e ha illuminato il soffitto per un tempo lungo, poi l'ha spenta, riaccesa e spenta.

Rifallo.

L'ha rifatto.

Quindi linea e punto vuol dire *no*, dico bene?

Ha cercato di riprodurre la prima sequenza, ma non la ricordava piú; in ogni caso ho capito che voleva dire sí.

Siamo andati avanti cosí a giocare, lui spruzzando luce sul soffitto, io interpretando ciò che intendeva. Finché a un certo punto ho detto: Adesso, non ho capito niente.

Ho sonno, ha detto.

Ho risposto che anch'io cominciavo ad avere sonno. Doveva esserci una luna pazzesca in cielo, perché le ombre dei rami degli alberi disegnavano mappe sui muri della camera. Luca si è fatto inghiottire dal sacco a pelo portandosi dietro la pila. Sentivo i suoi piedi premere contro le caviglie. Una mano è sbucata dalla cerniera e si è posata sul mio polso come per tenersi in caso di ammaraggio.

La mattina mi sono svegliato per primo. Mi scappava da pisciare. Sono uscito per andare in bagno e passando davanti alla porta della camera da letto di mamma l'ho sentita lamentarsi. Mi sono fermato. La porta era chiusa. Si lamentava in modo ritmico e costante, e ho percepito le coperte frusciare e altri rumori di cui ho smesso di immaginare la provenienza nel momento in cui ho capito che non stava male. Era la prima volta che ascoltavo qualcuno fare l'amore – dal vivo, intendo. Sono andato in bagno e ho chiuso la porta sbattendola piú forte del dovuto; ho aperto l'acqua del rubinetto e dopo aver pisciato ho tirato tre volte lo sciacquone. Dal davanzale della finestra è arrivato un miagolio. L'ho aperta. Era il gatto della sera prima. Si è lasciato prendere in braccio. Mi sono seduto sul bordo del bidè e ci ho giocato un po' mentre l'acqua scorreva nel lavandino – finché hanno bussato alla porta, ed era Nicola che aveva bisogno di entrare.

A metà mattina improvvisamente ha cominciato a piovere. Nicola si è messo il giubbotto e ha detto che doveva sbrigare alcune faccende e Luca ha chiesto se poteva andare con lui. Nicola ha annuito. Luca ha esultato e ha detto d'un fiato: Viene anche Ercole è vero che vieni?

La Lancia sapeva di tabacco e vaniglia. Luca è salito davanti, anche se era troppo piccolo, e io mi sono infilato nel sedile posteriore, dove una persona di altezza normale era costretta a tenere il collo piegato. Nicola ha acceso l'autoradio su un canale di musica rock, ha lavorato sull'acceleratore tenendo bloccato il freno, poi l'ha lasciato andare e siamo partiti sgommando e schizzando ovunque pezzi di fango. Le ruote slittavano sulla sterrata, il volume della radio era altissimo e Luca faceva finta di sapere la canzone e urlava inventando le parole. Abbiamo raggiunto la provinciale e deviato verso la Val Pellice. Un sottile velo di nebbia avvolgeva la campagna e in molte case le luci erano accese nonostante fosse giorno.

Nicola ha appoggiato l'accendisigari sulla punta della sigaretta finché questa non ha iniziato a fumare, ha abbassato il finestrino di una spanna, poi ha chiesto a Luca: Che ne dici, vuoi guidare?

Lui ha smesso di cantare.

Allora?

Sul serio?

Senza rallentare Nicola ha sganciato la cintura: Dài, vieni qui.

Dove?

Sulle mie gambe.

Luca si è liberato della sua con la frenesia di uno che scappa da un'auto in fiamme, è scivolato sopra il cambio facendo attenzione a non restare incastrato e gli si è seduto in grembo. Avessi avuto spazio a sufficienza avrei drizzato la schiena, una tensione involontaria, da animale, ma non era possibile; avrei voluto dire qualcosa, ma non sapevo cosa. L'asfalto era bagnato. Luca urlava eccitato, le mani piccole sul volante che sfioravano quelle del padre, e Nicola non accennava a diminuire la velocità, il mento appoggiato alla testa del figlio. Alla radio una chitarra elettrica distorta, l'inno americano – il deejay ha sbraitato qualcosa di cui ho capito solo la parola *Woodstock*. Abbiamo superato un camioncino dei surgelati, una station-wagon, una Vespa con sopra un tizio avvolto in un poncho impermeabile. Abbiamo curvato su un viadotto e le ruote hanno perso aderenza; mi sono tenuto ai poggiatesta e ho detto che forse era meglio rallentare: Che ne pensate? e nel dirlo ho cercato di fare la voce di uno che, beninteso, si stava divertendo. In quel momento dalla foschia, come un galeone fantasma, è apparso un neon azzurro con la scritta «Distributori edili consorziati» e Nicola ha detto che eravamo arrivati. Ha svoltato nel cortile. Ha parcheggiato vicino a una serie di pallet carichi di piastrelle avvolte nel cellophane trasparente. Ha fatto scendere Luca, che aveva le gambe che gli tremavano, e ha detto di aspettarlo lí, senza fare casino.

Sono uscito anch'io. Ho respirato a pieni polmoni. Luca ha ululato per l'eccitazione. Ha detto: Hai visto? Hai visto? Poi è tornato a sedersi al posto di guida, facendo finta di correre una gara e rombando con la bocca. C'era un cane legato a una catena: ci ha guardato senza muoversi. Ho chiesto a Luca: Ma che lavoro fa?

Lui ha continuato a sputacchiare e cambiare marce.

Luca.

Ha sollevato lo sguardo senza smettere di guidare.

Cosa fa tuo padre?

Vende.

Cosa?

Ha scrollato le spalle e si è concentrato sulla strada immaginaria.

Siamo rimasti lí fuori dieci minuti. Nel frattempo la foschia si è diradata e uno strappo azzurro si è allargato sopra i «Distributori edili». Quando è uscito dalla porta scorrevole Nicola si stava infilando una busta nella tasca interna del giubbotto; ha pizzicato tra due dita la sigaretta che stava finendo di fumare e l'ha lanciata in direzione del cane: Andiamo, ha detto. Vuoi guidare tu, adesso?

Io?

Vedi altri?

Ho pensato volesse farmi sedere sulle sue gambe: Non credo di starci.

Oh, ma ce la fai? Ti sto chiedendo se vuoi guidare. Hai mai guidato?

No.

Davvero?

Ho annuito.

Cazzo, da non crederci, alla tua età sarei stato capace di portare un camion con rimorchio in Finlandia me lo avessero chiesto. Dài, salta su. Luca, tu dietro.

Ma…

Non fare storie. Quanti anni hai?

Quindici.

Non puoi avere quindici anni e non saper guidare.

Siamo entrati in auto. Io dal lato del guidatore, lui accanto.

Metti in moto. Sai come si fa?

Devo tenere il piede sulla frizione.

Poi?

Devo togliere il piede dalla frizione e accelerare.

E la marcia?

La marcia è in prima.

La marcia è in prima, ma quand'è che l'hai messa in prima?

Mentre tenevo schiacciata la frizione.

E dopo che siamo partiti che fai?

Devo schiacciare di nuovo la frizione e mettere la seconda.

Giusto. Ora tieni il piede sinistro sulla frizione e il destro poggiato a terra. Ci sei?

Ci sono.

Gira la chiave. Infila la prima. Cosí, perfetto. Lo senti? Senti come fa le fusa?

Sí.

Ora solleva il piede sinistro dalla frizione… no… non cosí… *lentamente*, finché il pedale comincia a vibrare. Cercala sotto il piede, la vibrazione, hai capito? Ecco, la senti? È il punto di stacco. La vibrazione è la macchina che ti sta parlando. E cosa sta dicendo, la macchina?

Cosa sta dicendo?

Sta dicendo che se sollevi ancora un po' il pedale, muore. Ecco cosa. E tu non vorrai mica farla morire, vero?

No.

Bravo, se non vuoi farla morire quando senti la vibrazione devi essere già lí che premi sull'acceleratore. Lasci la frizione, premi sull'acceleratore e lei, felice, invece di morire, che fa?

Si muove?

Si muove, ha detto ridendo e dandomi una gomitata sulla spalla. Certo. Dài, vedi di portarci a casa sani e salvi, adesso.

A casa?

Vogliamo rimanere qui?

Ma io... non...

Hai acceso la macchina. Hai il piede sulla frizione. Ora alza il piede come ti ho detto, ascoltando la vibrazione, entra con l'acceleratore e via.

Ho stretto il volante e ho deglutito qualcosa di simile a un cinghiale. Ho fatto quello che diceva. Stavo facendo una sciocchezza, lo sapevo, ma ero troppo eccitato per lasciar perdere. Ho sollevato il piede dalla frizione e sono sceso con l'acceleratore, ma ho premuto troppo in fretta e la macchina ha sgasato. Nicola ha fatto segno con la mano di essere piú gentile. Ho riprovato, ma questa volta sono stato *troppo* gentile, e quando ho sentito la vibrazione mutare in un colpo di tosse ormai era tardi: la macchina ha sussultato, ha fatto un mezzo scatto in avanti e si è spenta. Nicola è scoppiato a ridere e ha cercato nel cruscotto il pacchetto di sigarette. Anche Luca ha riso. Ho alzato lo sguardo e nello specchietto ho incrociato i suoi occhi, era avvinghiato al poggiatesta con entrambe le mani.

Nicola ha acceso la sigaretta: Dài, riprova.

Ho rifatto tutto da capo: frizione, accensione, marcia. Vibrazione sotto il piede e acceleratore. La macchina ha sobbalzato, ma non si è spenta. Ho sgasato. Nicola ha detto: Tranquillo, amico, tranquillo, non t'agitare. Domala.

È un animale, la macchina, un cazzo di cavallo, una donna. Sentila. Sentila. Ecco, ora ci siamo – avanti. E mentre Nicola parlava mi sono mosso nel cortile. Ha detto: Ora cambia marcia, metti in seconda. E l'ho fatto. Ho cambiato marcia e sono passato in seconda e tutto andava bene. Nicola ha detto: Vai verso il cancello. Ora frena… la frizione, cazzo, la frizione. Ecco… C'è nessuno?

Dove?

Sulla provinciale e dove se no? Dentro la tua testa? Mi ha dato uno scappellotto. Guarda a destra e poi a sinistra. Arriva qualcuno?

No.

Allora vai.

Mi è venuto da grattarmi il naso. Avevo troppo ossigeno nei polmoni e ne ho soffiato via tanto da gonfiarci un canotto. Ho sterzato, lasciato la frizione, dato gas. Siamo partiti. *Partiti.* Stavo guidando. Non riuscivo a crederci. Nicola mi ha detto di passare in terza, poi in quarta. Luca ha applaudito. Una macchina ci è arrivata in coda e ha fatto i fari perché andavo piano. Nicola si è girato, gli ha mostrato il dito medio e gli ha detto che poteva andare affanculo: E superaci, cazzo, ha urlato, superaci. E quando quello ci ha superato e ci ha guardato, un uomo in camicia cravatta auricolare, Nicola gli fatto il dito un'altra volta, sorridendo.

Ho guidato fino a casa di mamma. L'ho fatta spegnere solo due volte, le stesse che Nicola ha minacciato di vomitarmi addosso, e Luca ha riso tutto il tempo. Ma ci sono riuscito. E mi sembrava che la foschia rilucesse, che irradiasse una luminosità costante; e cosí gli alberi e le pietre. Una volta arrivati Nicola ha finto di crollare a terra svenuto nel cortile, Luca gli è caduto sopra, mamma è uscita con una padella e uno straccio in mano e ha chiesto cosa accidenti stessimo combinando; e in quel momento mi sono accorto che c'era un prima e c'era un dopo. Per me, intendo. C'era un prima. E c'era un dopo.

Non ci credo, ha detto Viola tirando un piede sulla panchina e stringendosi la coscia contro il petto. Eravamo in piazza Vittorio. La collina ci strizzava l'occhio oltre il fiume invitandoci a saltare su mucchi di foglie gialle e a raccogliere cachi e castagne.

E allora non crederci, ho detto.

Ti ha fatto guidare per venti minuti su una provinciale.

Niente danni. Niente morti.

È pazzo.

Ho annuito.

E tua madre?

Cosa?

Non ha detto niente?

Ho scrollato le spalle.

Bah, non so...

Perché *bah non so*?

Mi sembra un comportamento infantile.

E che c'è di male?

Nulla, se sei un *infante*...

Un adulto non può divertirsi?

Non sto dicendo questo. Il problema non è divertirsi o non divertirsi, il problema è come. C'è chi si diverte a cercare una cura per qualche malattia rara e chi allo stadio a urlare che la mamma di non so chi è una puttana.

...

...

Non credi che certe volte ci sia bisogno di leggerezza?

Non c'è niente di leggero nel fare cazzate, ecco quello che penso. Leggerezza è andare a comprarsi un paio di jeans di cui non hai davvero bisogno, è spruzzarsi con l'acqua mentre si beve alla fontanella, è farsi un sonnellino sul balcone al posto di ripassare Storia. La vita è piena di gesti inutili che... insomma, hanno a che fare con la bellezza. Non c'è niente di bello nel rischiare la vita per una stronzata. La propria. E peggio ancora quella degli altri.

Mi sono chinato e l'ho baciata sulle labbra.

Ha detto: E questo?

Questo ha a che fare con la bellezza.

Viola ha inclinato la testa, le ho visto il cielo riflesso negli occhi: Sí, ci si avvicina.

Le ho stretto i capelli dietro la nuca e l'ho baciata di nuovo cercando di fare in modo che ogni cosa tenera sulla Terra contribuisse a quel momento; la mia mano destra è scivolata lungo il suo fianco e si è fermata sulla coscia, mentre le dita sue mi contavano le vertebre sulla schiena. Il mondo attorno è svanito. Non c'era bisogno di altro. Cibo, ossigeno, acqua. Niente. Avevo lei. Quando ci siamo staccati, dopo esserci osservati – pelle, naso, sopracciglia – osservati come per il bisogno di riconoscerci, le ho detto: E questo?

Viola ha fatto una bolla con la guancia: Be', questo era un capolavoro.

Il sabato successivo era il compleanno di Luca. Sei anni. Ho cercato in tutti i modi di convincere Asia a venire con me a Erta: sapevo che per lui sarebbe stata una sorpresa pazzesca. Ma lei non poteva – o non voleva. Ha detto che quel sabato dopo la chiusura della trattoria lei e Andrea sarebbero andati non so dove, fuori città, a casa di amici, una cosa programmata da tempo. Per lo meno l'ho convinta ad accompagnarmi a comprargli il regalo: la trilogia di *Star Wars* in dvd, quella originale. Era ora che anche lui conoscesse la Forza.

Quando siamo usciti dal negozio Asia mi ha portato a bere un latte e menta in un posto dove lo sciroppo di menta lo facevano loro, e quando mi sono seduto al tavolino mi ha messo davanti un pacchetto arancione. Non l'ho toccato. L'ho guardata: Cos'è?

Aprilo.

È un regalo?

Sí, è un regalo.

Ho bevuto un sorso senza staccare gli occhi dal pacchetto, mi sono pulito la bocca con l'avambraccio e l'ho aperto. Dentro c'era un cellulare.

Non è nuovo, ha detto Asia, ma è stato riparato bene, e funziona perfettamente. Dentro hai già una Sim. Ti ho fatto un abbonamento ma hai pochi minuti di chiamate, quindi chiama solo in caso di emergenza. Però hai tipo mille messaggi e comunque puoi usare WhatsApp, quindi scrivi. Ci siamo capiti?

Mi sono alzato, ho fatto il giro del tavolo, in silenzio, e sono andato ad abbracciarla.

Ti ho registrato il mio numero, quello di Andrea e quello della trattoria.

Grazie, ho detto.

Ho finito il latte e menta e ho mandato un messaggio a Viola dicendole che ero io. Lí per lí ha pensato fosse un compagno o un'amica che le stava facendo uno scherzo, cosí mi ha sottoposto a un interrogatorio e solo alla fine si è convinta. Anzi, a dire il vero si è convinta che ero io solo dopo avermi telefonato.

A casa papà aveva deciso di dipingere tutte le pareti di rosso. Svuotando una soffitta aveva trovato tre latte di vernice rossa e gli era tornato in mente che aveva sempre desiderato vivere in una casa rossa. Non era male. Metteva solo un po' di agitazione. Per il resto si era fatto fare un volantino da non so chi, con scritto «Pietro Santià svuota cantine e soffitte» e il numero di telefono dell'enoteca davanti alla scuola media, e la cosa stava funzionando: ne aveva un paio a settimana e tra quello che guadagnava svuotando e quello che guadagnava rivendendo era allegro e si era persino comprato una giacca di velluto verde.

Per andare alla festa di compleanno di Luca sono partito con la corriera delle diciotto. Avrei voluto prendere quella prima, ma Viola era sola a casa. E insomma. Comunque alle diciotto ero seduto in fondo e nello zainetto avevo la confezione da tre dvd di *Star Wars*.

Arrivato a Erta ho incontrato Giuseppe che stava scaricando un cinghiale – morto – dal furgone. È cominciata la caccia, ha detto felice.

Il cinghiale sembrava solo svenuto.

Ci vediamo dopo.

Ho detto: Dove?

Alla festa.

Vieni anche tu?

Ho promesso a Nicola di passare. Ci saranno anche altri amici. Gente che non vedo da un sacco di tempo.

Tu e Nicola da quanto vi conoscete?

Giuseppe ha girato gli occhi mostrando il bianco, come stesse per avere un attacco epilettico: Da quando avevamo l'età di Luca. Forse prima. Poi lo hanno chiamato da dentro casa e ha detto: Di' a tua madre di non lesinare con il liquore nella torta.

Luca era in cortile a giocare con delle freccette con cui cercava di colpire degli anelli concentrici disegnati su un'asse di legno. Quando mi ha visto mi è corso incontro e io l'ho sollevato facendogli fare un giro sulla mia testa e capovolgendolo come in una mossa di wrestling. Mi ha chiesto se gli avevo comprato il regalo e io ho risposto: Quale regalo? Ma lui non ci ha creduto e ha cercato di rubarmi lo zainetto. Ho chiesto: Mamma è in casa?

E sí, era in piedi su una scala che stava attaccando dei festoni al lampadario: Mi aiuti?

Ho posato lo zainetto sul divano: Che devo fare?

Passami quel cordino, quello verde.

Ecco.

E poi quelle palline.

Ma sono di Natale. Non è ancora Natale.

E che c'entra? Fanno festa.

Giuseppe ha detto di non lesinare con il liquore nella torta.

Mamma ha riso e si è asciugata un angolo di un occhio; dimostrava dieci anni di meno quando rideva. Le ho chiesto com'era andata la settimana e lei ha risposto: Tutto bene, e mi ha raccontato di certe cose buffe che aveva combinato la vedova del capitano. Ha detto: Il suo Alzheimer va sempre peggio. Ho atteso che mi chiedesse com'era andata la mia, di settimana, ma era concentrata sul cordino che non riusciva ad annodare. Allora le ho detto di lasciar fare a me. Sono salito al suo posto sulla scala e fino a cena non ho fatto altro che appendere palline di Natale.

Pensavo avremmo festeggiato tra di noi. D'altronde a casa di mamma e Nicola non avevo mai visto nessuno, se non Giuseppe. Invece, quella sera, sono arrivate tre macchine – quella di Nicola, il furgone di Giuseppe e una Punto bianca – hanno posteggiato in cortile e tre donne e sette uomini si sono riversati in casa cantando *tanti auguri a te, tanti auguri caro Luca*. Avevano già bevuto e due di loro erano ubriachi, gli stessi occhi acquosi di papà quando si trovava in quelle condizioni. Si sono impadroniti della sala cominciando a mangiare senza che mamma desse il via e quando lei ha provato a dire qualcosa Nicola l'ha stretta e l'ha baciata e ha detto che lasciasse fare, che quella era una sera di festa e non c'erano regole.

Non ho capito come si conoscessero. Le tre donne si assomigliavano. Avevano tutte e tre i capelli neri, jeans strappati e scarpe troppo eleganti. Gli uomini erano quel tipo di persona che immagini di trovare dal benzinaio a fare il pieno al pick-up di ritorno da una battuta di caccia, ed erano della stessa età – quella di Nicola e Giuseppe – tranne due: uno piú anziano, con i capelli bianchi e rughe profonde sulla fronte, l'aria che gli stesse sfuggendo qualcosa, e uno piú giovane, biondo e con gli occhiali. C'era chi aveva portato un regalo a Luca – una scatola di costruzioni, una macchina radiocomandata – e chi ha promesso di farglielo avere; ma in realtà nessuno di loro sembrava lí per quello, per il suo compleanno. Hanno continuato a bere, hanno alzato il volume della musica e si sono messi a ballare – sempre che quel saltellare e quel ciondolare balbuziente fosse un ballo. Poi, a un certo punto, come se non si potesse proprio evitare, abbiamo acceso le candeline sulla torta e Luca le ha spente. Dopo aver distribuito il dolce – Giuseppe si è lamentato che c'era poco liquore e mamma ha detto che non ce n'era proprio, di liquore, visto che era per il compleanno di un bambino – ecco, dopo aver finito di tagliare e distribuire la torta mamma ha detto che aveva mal di testa, ha chiesto scusa ed è andata a sdraiarsi. A quel punto, il mio regalo era l'unico che Luca dovesse ancora aprire. Gliel'ho dato e ci siamo seduti sul divano.

Ho detto: È da parte mia e di Asia.

Davvero?

Sí.

Potevi portare anche lei.
Già. Purtroppo aveva un altro impegno. Ha detto di salutarti.
Mi piacerebbe conoscerla.
Prima o poi la conoscerai. Un giorno ti porto a Torino.
Sul serio?
Andiamo a mangiare da lei in trattoria e poi al Museo egizio a vedere le mummie.
Luca ha annuito e ha aperto il pacchetto. Lo ha guardato senza capire e ha detto: Grazie, sono dei film? E allora gli ho spiegato di cosa si trattava, che era una storia pazzesca e gli ho detto di Luke e di Obi-Wan e di Darth Vader e della Forza e lui si è incuriosito e voleva sapere se la Forza esisteva davvero e gli ho detto che secondo me sí, ma che ancora era troppo presto perché si manifestasse.
Lo vediamo adesso?
C'è troppo chiasso. Meglio domattina.
E ce li vediamo tutti e tre di fila?
Certo.
La stanza era piena di fumo e le essenze dolciastre delle donne si mescolavano al sudore e alla puzza del sigaro. Ho detto a Luca: Esco a prendere un po' d'aria. Ci dev'essere un gran cielo. Vieni?
Luca ha risposto che faceva freddo e che preferiva costruire un parcheggio sotterraneo con il Lego. Gli ho detto di cominciare, che sarei tornato ad aiutarlo. Sono scivolato tra Marika, una delle amiche di Nicola, quella con la giacchetta nera con i brillantini e il rossetto viola, che ballava con le braccia alte al soffitto, e l'uomo con i capelli bianchi che non le toglieva gli occhi di dosso. Accanto alla porta, seduto su una sedia, c'era Giuseppe. Un'altra delle amiche gli si era seduta in grembo e lui la teneva agganciata con i pollici infilati nei passanti dei jeans come per

non farla scappare. Ho bevuto un sorso di aranciata dalla bottiglia e sono uscito.

L'odore del muschio e delle foglie umide ha dato ai pensieri una nuova trasparenza. Qualcosa è vibrato nella tasca posteriore. Il cellulare. Non ero ancora abituato ad averlo. L'ho tirato fuori e ho visto che c'erano tre messaggi: uno di Asia che diceva di fare gli auguri a Luca e due di Viola che chiedeva della festa e se stavamo usando le spade laser per tagliare la torta. Ho risposto a entrambe.

La porta si è spalancata, la musica e le risa hanno attraversato il silenzio come una secchiata di fango; il ragazzo biondo ha richiuso, poi ha camminato nella mia direzione. Sembrava non mi avesse visto. Quando ci siamo trovati spalla a spalla ha fatto segno con il mento: Com'è?

Tu?

Tranquillo.

...

Bella serata, vero?

Già.

Ha detto: Sei fortunato ad abitare qui.

Io non abito qui, ci vengo nei fine settimana.

E dove abiti?

A Torino.

Giusto. Perché tu sei il figlio di... E ha schioccato le dita: Come si chiama tua madre?

Sí, sono suo figlio.

Del primo matrimonio. Nicola mi ha raccontato. E stai a Torino.

Già.

Però è bello qui. Dovresti vivere qui.

Ho visto muoversi qualcosa nel buio, forse era il solito gatto: E tu?

Il biondo si è indicato con i pollici di entrambe le mani: Oh, nulla, io lavoro con Nicola.

Ti occupi di edilizia?

Edilizia? No, perché?

Nicola non si occupa di edilizia?

No. Chi ti ha detto che si occupa di edilizia?

E di cosa?

Be', non so, dovresti parlarne con lui. Non glielo hai mai chiesto?

No.

Fallo. Non è niente di strano e chissà che non trovi anche a te qualcosa da fare.

Se non è niente di strano perché non me lo dici tu?

Perché ho sete.

...

Tu non hai sete?

No.

Il biondo si è guardato attorno: È bello qui. Dovresti vivere qui.

Una delle donne ha aperto una finestra e detto qualcosa, forse una battuta sul fatto che ce ne stavamo là fuori al buio da soli, ma non ho prestato attenzione perché in quel momento uno strillo ha disegnato una linea retta nel frastuono, come la pinna di uno squalo. La voce di Luca. Un grido, un capriccio. Lui, che i capricci non li faceva mai.

L'idea era stata del tizio con i capelli bianchi. Luca aveva abbandonato il parcheggio sotterraneo per andare a bere. Raggiunto il tavolo, che era stato spostato contro il forno, si era versato un bicchiere di aranciata. Marika era arrivata da dietro, seguita da Capelli bianchi, si era chinata e aveva stampato un bacio sulla guancia di Luca, strizzandolo come un orsacchiotto vinto al luna park. Colto di sorpresa, Luca aveva rovesciato l'aranciata. Allora Marika aveva detto: Accidenti mi spiace ora ne prendiamo un'altra vero che ne prendiamo un'altra? rivolgendosi a Capelli bianchi.

Cosa? aveva detto lui.

Aranciata. Il piccoletto ha rovesciato l'aranciata.

Avrebbe dovuto fare piú attenzione.

Ma sono stata io.

Capelli bianchi aveva detto: In questo caso… E afferrato Luca per le ascelle lo aveva messo a sedere sul tavolo: Ora guarda, ti insegno come si beve l'aranciata, cosí lo fai vedere alle tue amichette. Aveva preso la bottiglia di Fanta e quella di vodka, che non so chi avesse portato – non so chi avesse portato tutto quell'alcol – e chinando la testa se le era versate in gola. Si era esibito in una specie di gargarismo, sputacchiando in giro, gli occhi spiritati, e aveva infilato la lingua in bocca a Marika dicendole di succhiarla. Poi si era rivolto a Luca e aveva detto: Adesso tu.

Luca aveva spalancato la bocca. L'uomo aveva preso Fanta e vodka e sollevandole sopra la testa le aveva fatte zampillare. Luca aveva cercato di bere, l'aranciata aveva bagnato la felpa, e la vodka, prima di scivolare in bocca, gli aveva centrato il naso. Alcune gocce erano finite negli occhi che avevano cominciato a bruciare. Marika e l'uomo avevano riso: Cazzo, le hai mancate, riproviamo.

Luca si era stropicciato gli occhi sforzandosi di continuare a trovare divertente ciò che stava capitando, ma desiderando tornare al suo parcheggio sotterraneo. Aveva detto che non aveva piú sete, grazie. Ma l'uomo lo aveva tenuto fermo: È il tuo compleanno, ci sono cose che a sei anni si devono saper fare. Gli aveva stretto la mandibola con una mano, obbligandolo ad aprire la bocca: Iniziamo con questo. Luca aveva tossito fuori la vodka che il tipo con i capelli bianchi stava cercando di fargli ingoiare. Si era spaventato e aveva urlato: Non voglio, dài, lasciami.

Sono entrato in casa come un vortice: Che state facendo? Dalla radio eruttava una musica da discoteca che faceva tremare i piatti sul lavello e martellava i pensieri rendendoli polverosi. È successo tutto in pochi secondi. Capelli bianchi, serio, ha detto che non era successo niente. Marika ha ribattuto che si stavano divertendo, che stavano festeggiando Luca: È il suo compleanno, ha detto cercando di carezzarmi la guancia. Io le ho allontanato la mano con un mezzo schiaffo dicendole di andare affanculo e che non era quello il modo di festeggiare il compleanno di un bambino. L'uomo mi ha intimato di stare calmo. Ho chiamato Nicola. L'uomo mi ha afferrato un polso, ha detto: Che cazzo chiami Nicola? L'ho spinto e ha sbattuto contro Marika. Lui ha reagito con una testata. Sono caduto all'indietro. Sono crollato su un tavolino pieno di bicchieri, ma non mi sono tagliato perché me ne sono accorto e sono riuscito a rovinare sui gomiti, senza appoggiare le mani. Il dolore ai gomiti però è stato atroce. I bicchieri si sono spaccati o sono rotolati in giro. Ho sentito il sangue colare dal naso e bagnarmi le labbra. Musica. Voci. Tutti parlavano. Luca è corso ad abbracciarmi. Tremava. A quel punto è arrivato anche Nicola che non so dove fosse – forse in bagno o a vedere come stava mia madre. Ha detto: Che state combinando?

Mi sono asciugato il sangue con il dorso della mano: Dove cazzo eri?

Ehi, modera il tono. Dov'è il problema?

Stavano facendo bere a Luca della vodka.

Ma anche dell'aranciata, ha detto Marika per discolparsi.

Gli stavano facendo male.

Non è vero.

Ho urlato: Lo avete spaventato.

Macché spaventato, ha detto l'uomo. È stato il ragazzino a scaldarsi. Ha aggredito Marika.

Non l'ho *affatto* aggredita.

Marika ha detto: Ma no, non mi ha aggredita.

Amore... ha sospirato l'uomo.

Poi, come avesse capito, Marika ha aggiunto: In effetti mi ha fatto un po' male alla mano.

Ho indicato a Nicola la felpa di Luca: Senti, toccala, è tutta bagnata.

Nicola ha lanciato un'occhiata infastidita ai suoi amici: Ragazzi, vi sembra il modo? E poi rivolto a me: Fai vedere. Mi ha guardato il naso: Serve del ghiaccio. Ha aperto il freezer e ha tirato fuori una confezione di piselli: Ecco, premila contro. E sciacquati la faccia.

Mi sono diretto in bagno portandomi dietro Luca. Passando davanti alla camera da letto di mamma ho socchiuso la porta; non era altro che una massa nel buio, un respiro appena accennato sotto le coperte. Stava dormendo. Forse sognando.

L'acqua fredda ha lavato il sangue dalle narici e dalle labbra. Ha smesso di scendere. Luca, gli occhi fissi su particolari minimi tutt'attorno a lui, come se fosse improvvisamente diventato miope, si è tolto la felpa, l'ha gettata tra le cose da lavare e ne ha presa una asciutta, verde e blu, dalla catasta sopra la lavatrice. Sono rimasto a lungo curvo, la testa sul lavandino, a osservare le gocce del colore della ruggine cadere dal naso, infrangersi sulla ceramica bianca e scivolare nello scarico. Un'agitazione gelida, nelle dita, mi faceva puntare le unghie come se volessi strappare il lavandino. Ero disorientato. Sbalordito. Non era cosí che le cose dovevano andare. Ho pensato: *No no no cosí non va bene. Cosí non va bene. Non va proprio bene.* Che era un modo per cominciare a stabilire delle priorità, tipo che non potevo andarmene via il giorno dopo e lasciare Luca da solo. Gli amici di Nicola, in quanto amici di Nicola, sarebbero potuti tornare. E se gli veniva voglia di rivedersi in settimana, di organizzare un'altra rimpatriata mentre io non c'ero? E se quella sera non ci fossi stato, con mamma a letto con il mal di testa e tutto quanto? Sapevo che se mamma fosse stata bene, fosse stata di là con noi, sarebbe intervenuta. Non avrebbe permesso che capitasse ciò che stava capitando. Ma lei non c'era. E lei non si sapeva mai quando c'era e quando no.

Ti fa ancora male? Luca era seduto sul bidè.

No, sta passando. Tu stai bene?

Sí.

Sicuro?

Quando vanno via?

Non lo so.

Io posso andare a dormire?

Vuoi andare a dormire?

Ha annuito.

Mi sono guardato allo specchio. Un livido si stava allargando sotto l'occhio e il naso era gonfio e di un colore diverso dal resto della faccia. Avevo dato per scontato che Nicola ci avrebbe seguiti in bagno o che a un certo punto sarebbe venuto a vedere come andavano le cose. Ero pronto ad assalirlo. Ma di Nicola si sentiva la voce di là in sala, che raccontava chissà cosa ai suoi amici. Ridevano. Cosí mi sono seduto per terra, la schiena contro la lavatrice. Ho sentito premere nella tasca posteriore. Il cellulare. L'ho tirato fuori. Lo schermo era una ragnatela di vetro. Lo avevo rotto cadendo.

Luca si è avvicinato, ha detto: Accidenti...

Già.

Da quanto lo avevi?

Tre giorni.

Ha ripetuto: Accidenti.

Già.

Non funziona proprio piú?

L'ho acceso e si è illuminato, ma attraverso la ragnatela di vetro era impossibile distinguere le icone: Mi sa che dovrò cambiarlo. L'ho infilato di nuovo nella tasca. Luca si è seduto tra le mie gambe e ha raccolto un vecchio «Topolino» scivolato tra il muro e il cestello. Ha soffiato via la polvere. Me lo ha passato e ho cominciato a leggergli una storia: c'era Minnie che usciva a fare spese con Clarabella, poi si fermavano a mangiare una fetta di torta in una pasticceria e parlavano di una vendita di beneficenza, poi entravano Tip e Tap per chiedere qualcosa, e poi non ricordo; so solo che dopo una ventina di minuti la donna che era seduta sulle gambe di Giuseppe si è affacciata, ha detto che doveva usare il bagno e quando ho fatto per alzarmi mi sono accorto che Luca si era addormentato.

L'ho preso in braccio per portarlo in camera. La porta del corridoio incorniciava Capelli bianchi sdraiato sul divano. Marika era sopra di lui. Sono entrato in camera di Luca e ho acceso la luce con il gomito. Il letto era ingombro di giacche. Dovevano averle spostate per liberare il divano in sala. Le ho sbattute a terra con una mano sostenendo Luca con l'altra. Da una delle giacche è caduto qualcosa che è tintinnato sul pavimento. Un mazzo di chiavi. Le chiavi di una macchina. Ho adagiato Luca sul letto; è rotolato dalla parte del muro e ha abbracciato il cuscino. Ho raccolto le chiavi. C'era il simbolo della Volkswagen.

Ho sollevato lo sguardo e per alcuni istanti ho fissato il buio oltre il vetro della finestra, la luna che svelava parte del bosco, i tronchi e i rami che il vento faceva scricchiolare. Sul vetro c'era un puntino, una macchia di vernice bianca; l'ho grattata con l'unghia, poi ho aperto la finestra e ho lasciato entrare la notte. Mi sono *guardato* farlo come non fossi io, e mi sono chiesto cosa sarebbe successo a quel punto. L'aria fredda ha sferzato l'occhio che ha cominciato a lacrimare. Una consapevolezza fredda, feroce, ha camminato sul collo, come una formica. Ho stretto le chiavi della macchina.

Sapevo cosa dovevo fare. Dovevo solo trovare il coraggio.

# Sette

> Era nevicato anche l'anno scorso. Avevo fatto un uomo di neve e mio fratello l'ha buttato giú e io ho buttato giú mio fratello e poi abbiamo preso il tè.
>
> DYLAN THOMAS

Qualcuno ha detto che il destino non è poi molto di piú di quel condensato che è l'infanzia. Non so. Secondo me il destino è quello piú un sacco di altra roba. Dipende da cosa scegli di fare. Dipende da chi incontri. Asia ad esempio aveva incontrato Andrea. La vita è una palla da biliardo, ogni scontro le fa cambiare direzione; e se si è abbastanza forti e fortunati si può andare ovunque. Ecco perché ho svegliato Luca, gli ho fatto indossare la giacca, gli ho infilato il cappello di lana in tasca, che non si sa mai, e insieme siamo usciti dalla finestra usando il comodino per scavalcare: perché era ora che dessimo alle nostre palle una gran botta – restando nella metafora del biliardo.

Ci siamo tuffati tra gli alberi e abbiamo girato attorno alla casa. Mi sono affacciato da dietro un tronco per assicurarmi che nessuno fosse fuori a fumare e infatti c'era il ragazzo biondo – abbiamo atteso che rientrasse. Luca si è accovacciato al mio fianco, il freddo della notte stava finendo di svegliarlo ma gli occhi luccicavano ancora per il sonno. Mi teneva la mano. Nell'altra avevo il mazzo di chiavi e ci giocavo nervoso con la punta delle dita. L'unica Volkswagen era davanti a noi: il furgone di Giuseppe. L'auto di Nicola era una Lancia e l'altra una Punto. Non avevo mai guidato un furgone – anzi, a dire il vero non avevo mai guidato *nulla* prima della Lancia di Nicola – ma supponevo non fosse molto diverso, doveva essere pur sempre una questione di frizione marcia acceleratore. In attesa che il ragazzo biondo rientrasse ho ripassato quello che Nicola mi aveva insegnato, la vibrazione sotto la pianta del piede eccetera.

Eccolo, ha sussurrato Luca, sta entrando.

Appena il biondo ha chiuso la porta siamo scattati. La luna ci ha catturati con la schiena bassa attraverso il cortile. Ho intravisto il gatto rifugiarsi sotto la Punto. Quando ho cercato di aprire la portiera del furgone, quella del passeggero, ho scoperto che mi tremavano le mani. Ho respirato con il naso per mantenere la calma. La portiera si è aperta e sono salito prima io, poi Luca. Mentre infilavo la chiave gli ho detto di allacciarsi la cintura. Luca si è girato per prenderla, ma era incastrata; cosí mi sono allungato sopra di lui per aiutarlo ed è a quel punto che l'ho guardato bene. Luca, intendo. L'ho guardato e ho scosso la testa, ho detto: Cosí non va.

Cosa non va?

Ho detto: Aspetta. Ho aperto la portiera e sono sceso.

Dove vai?

Ho messo un dito davanti alle labbra: Torno subito.

Ercole...

Ho attraversato il cortile curvo come un guerrigliero, sentivo gli occhi di mio fratello sulla schiena. Ho raggiunto lo spuntone da cui penzolava il vecchio casco da football americano, quello giallo con il numero dieci. L'ho preso e l'ho stretto al petto. Da lí potevo sbirciare oltre la finestra e vedere cosa stava capitando. La musica era ancora fortissima. Nicola stava raccontando qualcosa e gesticolava misurato, un bicchiere di liquore stretto tra due dita. Una delle amiche ha tolto gli occhiali al ragazzo biondo, che si è toccato le palpebre come si sentisse nudo, e gli ha passato la lingua sulla tempia. Mi sono girato e sono tornato indietro.

Ecco, infila questo.

Luca ha strabuzzato gli occhi: Devo mettermi il casco?

Sí.

Perché?

Perché è meglio.

Lo ha indossato, ha allacciato il sottogola e mi ha guardato attraverso la maschera: Sono pronto.

Gli ho mostrato il pollice. Lui ha fatto lo stesso. Ho premuto la frizione, girato la chiave nel nottolino, ingranato la retro. Il motore è partito. Ho avuto paura che s'accendessero i fari e invece no – e li ho lasciati spenti. Ora dovevo togliere il piede dalla frizione e allo stesso tempo accelerare, procedere in retromarcia per una decina di metri fino a un piccolo slargo, dove i proprietari di una parte di bosco erano soliti accumulare tronchi e foglie secche, e dove avrei potuto fare inversione. Non avevo mai fatto retromarcia. Ho pensato alla posizione di papà quando la faceva e mi sono sistemato uguale, il braccio destro dietro il poggiatesta di Luca; ma quello era un furgone e dietro vedevo poco o niente, cosí mi sono rimesso composto, entrambe le mani sul volante, e mi sono affidato agli specchietti. Lentamente ho iniziato a sollevare il piede dalla frizione e a premere sull'acceleratore. La musica alta dentro casa copriva il motore, ma avessi sgasato avrebbero sentito. Dovevo essere delicato. Calmo. Dovevo restare calmo. Ho sollevato il piede dalla frizione e ho cercato la vibrazione. *Eccola*. Ci siamo mossi. Le ruote hanno scricchiolato. Ci siam… Si è spento. Un singhiozzo e il motore si è spento. Troppo poca pressione, troppo poca. Ho acceso di nuovo. Ho sentito le ruote mordere la terra. *Avanti*.

Di nuovo. Questa volta ho aumentato la pressione sul pedale. Guardavo alternativamente gli specchietti e la porta di casa. Il volante era dritto? Stavamo andando dritti? Ci siamo allontanati in linea retta, il motore è quasi morto di nuovo, *quasi*, ma l'ho recuperato. Ho raggiunto lo slargo e ho sterzato in modo da avere poi abbastanza spazio per imboccare la strada dal verso giusto con una sola manovra. Ho messo in prima. Luca guardava davanti a sé come un quarterback, concentrato sull'infinito.

Siamo partiti.

Avrei potuto fare quella strada al buio tanto la conoscevo bene, ma dopo trecento o quattrocento metri ho acceso le luci e il sottobosco, le radici degli alberi, la parte bassa e bitorzoluta dei tronchi hanno brillato nell'oscurità come creature aliene. E intanto stavamo andando. Quasi non ci credevo. Continuavo a controllare nel retrovisore se ci stessero seguendo con le altre macchine. Ma niente. C'era solo la polvere che alzavamo e che ricadeva lenta nella scia dei fari posteriori. Abbiamo lasciato la sterrata e imboccato la provinciale. Alla rotonda ho preso la seconda uscita seguendo l'indicazione per Torino.

Luca ha detto: Guidi benissimo.

L'ho scrutato di sottecchi; si era rilassato, aveva appoggiato il casco al finestrino e gli occhi dietro la maschera danzavano seguendo le luci nelle abitazioni e nei cortili delle fabbriche. Ho detto: Avevi forse dei dubbi?

Sí.

Ma come sí? e mi sono atteggiato a offeso.

Lui ha riso e io pure. Gli sarei saltato addosso per fare finta di picchiarlo ma se lo avessi fatto saremmo morti, e quindi niente. Ho acceso la radio e c'erano Marracash e

Gué Pequeno che cantavano *Salvador Dalí* – cantavano di periferie, e di senso di colpa, e di una sofisticata ignoranza. C'era poco traffico, andavo piano tenendomi a destra cosí che chi voleva potesse superarmi senza problemi; mani sul volante alle dieci e dieci come avevo imparato da Nicola. Ricordo il riflesso dei neon sull'asfalto, il barile-braciere di fronte a cui una prostituta si scaldava le mani, e le scintille di Torino in lontananza. La sera piú assurda della mia vita.

Andiamo da Asia?
Sí.
Lei com'è?
Ha vent'anni. È alta come me.
Mamma lo sa?
Cosa?
Che stiamo andando da Asia?
Glielo diciamo domani.
La chiamiamo?
Sí.
Papà si arrabbierà?
Che siamo andati via di nascosto?
E che abbiamo preso il furgone di Giuseppe.
Sí. Può darsi.
…
…
Dormiamo da Asia?
Sí.
Com'è casa sua?
È piccola. Piú piccola della tua. Ma ti piacerà. Si sta bene.
E la tua?
Casa mia è un po' piú grande di quella di Asia. Ma meno bella.
Perché non andiamo a casa tua?

Non vuoi conoscere Asia?

Sí.

Allora andiamo da lei.

E tuo papà?

Cosa?

È a casa tua?

Penso di sí.

Voglio vedere anche casa tua.

Andremo anche a casa mia.

E a vedere le mummie. Poi ha detto: Guarda, e ha indicato la luna che galleggiava sopra le colline.

Avessi avuto il cellulare avrei chiesto consiglio a Viola. Asia, invece, era meglio capitarle in casa; quando avrebbe visto Luca si sarebbe arresa. Era la cosa giusta da fare. Portarlo da papà non aveva senso, non subito per lo meno. E poi? Poi cosa avrei fatto? Luca non poteva stare con quella gente. Forse avrei potuto convincere mamma a lasciare Nicola e a tornare da noi. Ecco cosa. Avrei prima chiesto ad Asia di ospitarci, e poi avrei tentato di far ragionare mamma e papà spiegando che c'era di mezzo il bene di Luca. Per quanto papà fosse *lui*, non ci aveva mai trascinato in situazioni come quella festa. Non ci aveva mai messo in pericolo. Nicola non aveva difeso Luca né me. Non ci aveva protetto. Non sapevo cosa avrei fatto, ma quello che sapevo è che se gli adulti non erano in grado di proteggere Luca, ci avrei pensato io; sarebbe rimasto con me finché non avessi trovato un posto sicuro. Per lui. Per ognuno di noi.

Guidare in città era piú difficile con tutti i semafori e le precedenze e frena riparti scala, ma ho fatto spegnere il furgone una volta sola. Le curve le facevo a scatti. Mi sono perso per Mirafiori, ma ho ritrovato la strada e un quarto d'ora dopo siamo passati sotto casa di Asia in cerca di parcheggio. Ne ho trovato uno facile da entrarci di punta, e quando alla fine ho girato la chiave e il motore si è spento, mi è sembrato di essere salvo. Ero stremato. Sono rimasto in silenzio a fissare il cartellone pubblicitario di un diserbante.

Poi Luca ha chiesto: Mi posso togliere il casco?

Sí, ho risposto fissando il diserbante. Ora puoi toglierlo.

Ho suonato il citofono di Asia e Andrea – avevano una targhetta nuova con entrambi i cognomi – mentre ripassavo il racconto degli avvenimenti e l'elenco delle conseguenze per essere pronto a giustificarmi, anche se a dirla tutta il mio naso gonfio avrebbe dovuto essere una prova sufficiente. Con l'occhio buono ho fatto l'occhiolino a Luca per rassicurarlo. Ho suonato di nuovo, ma non ha risposto nessuno. Abbiamo atteso. Ho risuonato. E risuonato. Nulla. Non sapevo che ora fosse – mezzanotte, forse dopo. Mi è tornato in mente che Asia e Andrea quella sera dovevano andare a cena da amici fuori Torino. Forse era troppo presto. Ho detto a Luca che ci toccava aspettare e gli ho chiesto se voleva tornare nel furgone, ma lui ha detto che andava anche bene sedersi lí sul gradino, che non faceva poi cosí freddo. Ed era vero. O per lo meno faceva meno freddo che a Erta.

Ma dopo una ventina di minuti il freddo abbiamo cominciato a sentirlo. Mi sono chiesto se per caso non avessi capito male. Forse Asia e Andrea non erano solo andati a cena, dagli amici; forse si sarebbero anche fermati a dormire. Cosí, quando mi è sembrato che mi si stessero gelando le dita dei piedi, ho detto: Andiamo a casa mia. Luca ha annuito e si è alzato. Mi ha infilato la mano in tasca e io l'ho infilata nella stessa tasca, sopra la sua.

Andiamo a piedi?
Sí, ho detto. È a dieci minuti.
Le strade erano deserte e la luna appariva e spariva tra i palazzi. Tra poche ore avrebbero cominciato a montare il mercato. Forse anche papà era fuori casa, cosí come era possibile che tornasse per dare una mano a sistemare i banchi, anche se nell'ultimo periodo, con le cantine e le soffitte da svuotare, al mercato lavorava poco, giusto se glielo chiedeva un amico, o se le cantine e le soffitte scarseggiavano. Mancava mezzo isolato quando una Lancia, correndo, è entrata e uscita dall'inquadratura in fondo alla via, tra due condomini. Ho spinto Luca dietro un cassonetto dell'immondizia e gli ho detto di aspettare. Ho raggiunto l'angolo e mi sono affacciato nel momento in cui, parcheggiata malamente la Lancia, mamma, Nicola e Giuseppe stavano entrando nel cortile di casa; era stata mamma a portarli, era chiaro. Sono tornato indietro e ho preso Luca per mano: Dobbiamo andare via.
Dove?
Ora ci penso.
Ma che succede?
Mi sono chinato, ho appoggiato le mani sulle spalle di Luca e l'ho guardato negli occhi: Ti fidi di me?
Lui ha annuito.
C'è una cosa che ho imparato con gli anni…
Luca mi ha scrutato in attesa che continuassi, gli occhi piccoli e assonnati: Cosa?
Ho imparato che a volte gli adulti sono confusi. Noi pensiamo che sappiano sempre cosa *è meglio*, e invece no, alle volte bisogna dargli una botta come con la lavatrice di mamma a Erta, che quando non funziona le dài una botta e lei riparte, hai presente?
Sí.

Quindi ora devi fidarti di me. Diamo quella botta ai nostri adulti e poi saremo salvi.

Occhei.

Davvero?

Sí.

Ti fidi di me?

Sí.

E allora andiamo. L'ho preso per mano e siamo tornati al furgone.

Ho sonno.

Lo so. Ora ti infili il casco e ti metti dietro a dormire.

Dobbiamo partire di nuovo?

Meglio spostare il furgone.

Perché?

Perché lo stanno cercando e lo cercheranno da queste parti. Sai cosa facciamo?

Cosa?

Andiamo al Monte dei Cappuccini. È un bel posto. In collina. Da lí potremo vedere la città che si sveglia. E domani noi dobbiamo proprio vederla, la città che si sveglia, non c'è scampo. E lo sai perché?

No.

Hai mai visto l'alba sorgere sulla città?

No.

Domani sarà un'alba speciale. Per questo dobbiamo vederla.

E poi, certo, il Monte dei Cappuccini era vicino a casa di Viola e la domenica i suoi genitori uscivano presto per andare a correre. Ho pensato che avrei atteso di vederli passare e sarei andato a suonarle, a farci offrire una signora colazione e chiedere consiglio, che nei ragionamenti, lei, era sempre piú lucida di me. Ho fatto salire Luca sul sedile posteriore del furgone perché si sdraiasse ed è stato a quel punto che ha detto: C'è qualcosa qui.

Buttalo per terra.

Sono dei fucili.

Mi sono voltato di scatto. Era vero. Sul sedile posteriore, in mezzo alle coperte, a un giaccone, e a un borsone che forse avrebbe dovuto contenerli, c'erano due fucili da caccia. Quelli che usava Giuseppe per i cinghiali. Ho detto: Stai fermo. Non toccare niente.

Non ho toccato niente.

Vieni qui.

Luca ha sbuffato ed è tornato davanti passando tra i sedili: Qui non mi posso sdraiare.

Ho lavorato sulla manopola del sedile anteriore e l'ho disteso il piú possibile: Ecco, ora infila il casco.

Non riesco a dormire con il casco. Se tu non fai incidenti non serve.

Occhei, ho detto. Va bene. Allora non farò incidenti.

Al posto del casco Luca ha indossato il cappello di lana che gli avevo infilato in tasca e si è messo giú, stringendosi dentro la giacca. Gli ho allacciato la cintura. E non avevo ancora ingranato la retro che si era già addormentato.

Guidare di notte in città non è difficile. Piuttosto è difficile evitare di farsi notare se stai guidando un furgone e se qualcuno ha avvisato la polizia dando modello, colore e numero di targa, e dicendo che un adolescente in *evidente* stato confusionale ha rapito il fratellino di sei anni. Ecco, quello è piú complicato. Non ci avevo pensato che potessero avvisare la polizia. Era una questione di famiglia, quella. Un urlo rivolto ai miei genitori, e al mezzo genitore di Luca, non una questione di sicurezza pubblica.

E invece Nicola l'aveva fatto. E aveva detto dei fucili, e chissà cosa poteva combinare con due fucili un adolescente in *evidente* stato confusionale. Fatto sta che ero a un semaforo e dal nulla ho visto dei lampeggianti riflessi nello specchietto. Sono rimasto senza fiato. I poliziotti hanno dato un colpo di sirena. Una frustata, come a dire: lo sappiamo che ci hai visti, ma nel caso non ci avessi visti ti facciamo notare che ci siamo ed è meglio se resti fermo. La portiera della volante si è aperta e il poliziotto ha poggiato a terra uno stivale. Stava per scendere. Ho pensato avessi commesso un'infrazione. Non ho pensato a Nicola. Forse avevo girato senza freccia o qualcos'altro che nemmeno sapevo. *Idiota idiota idiota*. Ma in ogni caso, qualunque cosa fosse, se mi facevo trovare alla guida era tutto finito: anni di fatiche per non finire in comunità, cucire toppe sui casini di mio padre e per una cazzata: tutto finito. E Luca? Mi avrebbero creduto se avessi spiegato cos'era successo, che lo facevo per Luca? Avrebbero creduto a me o agli adulti? Sarebbe bastato il livido sotto l'occhio? E se mi avessero creduto, Luca dove lo avrebbero mandato? A chi l'avrebbero affidato? No, non potevo essere io a consegnare mio fratello.

Ho sentito la voce di Obi-Wan sussurrarmi: *Usa la forza, Luke. Segui l'istinto.*

Ho sentito le crepe sbriciolarsi e i mostri uscire dai muri.

Ho ingranato la prima. Ho premuto a manetta sull'acceleratore. E sono fuggito.

Ho superato il ponte e ho girato a destra; alla prima curva Luca è stato sbattuto contro il cruscotto, ho urlato: Il casco Luca cazzo mettiti il casco, lui ha faticato ad afferrarlo perché il casco era lí che sbatacchiava davanti al sedile, ma poi c'è riuscito, lo ha infilato, lo ha stretto e io intanto mi ero lanciato lungo un viale alberato, la polizia mi è corsa dietro, ho superato un motorino e una macchina, la macchina ha suonato il clacson per insultarmi mentre il motorino per lo spavento ha fatto un movimento storto come stesse per cadere, la polizia ha inchiodato per non investirlo, ma alla fine quello è caduto, è caduto sul serio, e nello specchietto ho visto il motorino raschiare l'asfalto e chi lo guidava rotolare in mezzo alla strada, sono schizzato via, ho tagliato un semaforo, era rosso, sono passato lo stesso, ho girato a destra, a sinistra, a destra – non sapevo dove stavo andando – i lampeggianti sono scomparsi dal retrovisore e ho spento le luci, le ho spente e tra due palazzi ecco l'ingresso di un cortile condominiale e rallentando pochissimo c'ho sterzato dentro, le ruote hanno fischiato, ho sfiorato il muro, alberi biciclette macchine parcheggiate – mi sono trovato addosso a una roulotte. E a quel punto ho inchiodato. Io e Luca siamo stati proiettati in avanti. Per un momento lunghissimo la cintura ci ha trattenuto, imprimendosi nelle giacche e strizzando i polmoni. Siamo ricaduti sul sedile. All'unisono. Il furgone ha sussultato. Il motore si è spento. E lí – immobili – siamo rimasti.

Non so quanto tempo è passato prima che uno dei due riuscisse ad aprire bocca. Un neon friggeva dentro una plafoniera in un angolo del cortile.

Ho detto: Stai bene?

Luca ha balbettato: S-sí. Poi si è voltato verso di me e mi ha sorriso, gli occhi larghi per raccogliere ogni grammo di luce: È stata… sei stato…

Sí, ho detto cercando di non svenire, sono d'accordo.

*Pazzesco*, ha detto lui.

Ho deglutito. Attorno a noi c'era un gran silenzio. Una luce si è accesa dietro una finestra al quarto piano del palazzo di fronte. Ho sentito una sirena sferzare l'aria. Ho atteso di vedere i lampeggianti colorare il cortile. Ero certo stessero per arrivare e se fossero entrati non avrei avuto la forza di fare un passo. Invece non è successo niente. Ho smesso di trattenere il fiato e un po' alla volta ho ripreso a respirare. Ero fradicio di sudore – le mani ghiacciate. Luca non aveva visto il motorino cadere, ne ero sicuro; l'avesse visto mi avrebbe fatto delle domande. *Cos'ho combinato?* Mi sono tappato gli occhi con le mani e ho sperato che chi lo guidava non si fosse fatto male. Ma se si era fatto male?

Luca ha chiesto: Adesso?

Ho inclinato la testa, ho detto: Adesso stiamo un po' qui tranquilli, che ne dici?

Lui ha fatto segno di sí con il casco.

Dormiamo un paio d'ore e poi ci spostiamo.

Dove?

Non saprei. Forse… forse è meglio uscire dalla città e muoversi tra le fabbriche e i campi. Dobbiamo chiamare Asia. È la prima cosa che dobbiamo fare appena troviamo il modo di fare una telefonata.

Sí.

Ho pensato: Esatto, Asia ci raggiungerà e l'avvocato amico di Andrea che ha risolto la faccenda di papà si occuperà anche di noi; scopriremo che il tipo del motorino non si è fatto niente e Asia chiederà di prendere Luca in affidamento – e tutto finirà bene.

Devo fare pipí.

Vai dietro la roulotte.

Non ci sarà dentro qualcuno?

No, non credo.

Luca ha aperto la portiera ed è sceso. Ha barcollato un paio di passi, le gambe molli. Ha superato la roulotte e da dov'ero io si vedeva spuntare soltanto il casco giallo.

È risalito sul furgone, si è girato su un fianco e ha chiuso gli occhi. Non ha chiesto se poteva togliere il casco. E ho pensato che andava bene cosí.

Credo di essermi assopito. Di aver sognato, persino. Non ricordo cosa. Quando ho aperto gli occhi il mondo era scuro come l'avevo lasciato. Ho sbadigliato. Mi faceva male il naso. Luca russava dolcemente. Mi sono guardato attorno e ho pensato fosse ora di muoversi, ché anche se era domenica qualcuno all'alba avrebbe cominciato a scendere in cortile per prendere la macchina, o la bicicletta, e un furgone sconosciuto che impediva il passaggio con dentro un bambino addormentato e un quindicenne con il naso gonfio e un occhio livido avrebbe potuto destare qualche sospetto. Per lo stesso motivo, meno macchine avessimo incrociato per strada lungo il tragitto, meglio era. Cosí mi sono stirato facendo scrocchiare la schiena, ho acceso il motore che mi ha salutato come un vecchio amico, e sono uscito dal cortile.

Sono sbucato su una piazza, cauto come quando da piccolo, giocando a nascondino, mi affacciavo da dietro un muro. Sono passate un paio di auto. Un signore portava a passeggio il cane. Pur avendo il batticuore e pur avendo l'impressione di vedere polizia ovunque, ho girato per uscire dalla città e poco dopo i palazzi hanno iniziato a diradarsi e sono aumentati i capannoni e le porzioni di terra tra le case. Ho continuato a guidare senza sapere cosa stessi cercando finché lungo la provinciale ho visto uno di quei palloni pubblicitari a forma di omino che sembrano danzare agitando le braccia, e dietro, in mezzo a un gruppo di case, un uomo che alzava la serranda di un bar. Allora mi sono fermato e sono sceso. Un'insegna indicava, a dieci minuti di macchina, il centro commerciale Le Ancore, dov'ero stato anni prima con Asia e una sua compagna di classe.

Il padrone del bar, capelli bianchi stopposi e sigaretta tra le labbra, è uscito per appendere all'esterno una lavagnetta che diceva: «Cappuccino e cornetti vegani».

Mi scusi.

Si è girato di scatto e ho notato che il suo sguardo è rimasto catturato dal livido.

Posso chiederle un favore?

L'uomo si è osservato attorno come stessi tentando di distrarlo. Sono rimasto a distanza, le mani affondate nelle tasche, per fargli capire che non avevo cattive intenzioni. Poi ha detto: Cosa?

Ho bisogno di fare una telefonata.

Che ti è successo?

Mi hanno derubato. Ieri sera. Dei ragazzi. Dopo una festa. Ho scosso le spalle come a suggerire la musica, ma lui ha continuato a fissarmi serio. In ogni caso, dicevo, ero a una festa e niente... posso chiamare mia sorella? Mi faccio venire a prendere. Guardi – ho tirato fuori il cellulare – vede? Lo hanno rotto mentre mi picchiavano. Idioti. Potevano rubare pure questo.

Quanti anni hai?

Diciassette.

Figuriamoci.

Sedici.

Ha mugugnato.

Quindici.

C'ha pensato: Sí, ha detto. È possibile.

Allora? Posso telefonare?

Ai miei tempi a quindici anni non si passava la notte in giro a farsi picchiare.

Credo sia insolito anche oggi.

Ha annuito e ha detto: Vieni dentro.

Era uno dei bar piú tristi che avessi mai visto nella mia vita. Le pareti erano coperte da una tappezzeria in finto marmo e ovunque erano appese delle stampe di spiagge del Pacifico, delle foto di gruppi musicali anni Ottanta e dei pesci volanti di carta colorata; un lunghissimo filo da cui pendevano dei ciondoli di madreperla correva da una parte all'altra della sala. L'uomo ha preso il cordless da dietro la cassa e ha fatto per darmelo, poi c'ha ripensato: Aspetta, faccio io. Gli ho dettato il numero di Asia, che insieme a quello di Viola era l'unico che sapevo a memoria, lui lo ha composto e mi ha passato il telefono. L'orologio a forma di Empire State Building diceva che mancavano cinque minuti alle sette.

Pronto?

Sono io.

Dove. Cazzo. Sei.

Senti... ora non arrabbiarti ma... sono successe delle cose...

Mi ha telefonato papà. Stanotte. Ha detto che hai combinato un casino. Che hai rubato una macchina e...

Ascolta... c'è una spiegazione. Ora devi starmi a sentire. Hai presente Le Ancore?

Il centro commerciale?

Vediamoci lí nel parcheggio.

...

...

Luca è con te?

Certo.

State bene?

Sí. Piú o meno. Poi ti racconto.

Ercole...

Ti aspetto. Non metterci troppo.

Ercol…

Ho chiuso la telefonata e ho ridato il cordless al padrone del bar che ha chiesto: Ma come ci vai alle Ancore?

Ho un furgone qua fuori.

Un furgone?

Quello con cui sono arrivato, non mi ha visto?

Non c'ho fatto caso.

Ho detto: Lo guida un mio amico. Uno con la patente, ovvio. Mi ci porta lui alle Ancore.

E hanno rapinato anche il tuo amico?

Perché?

Lui non ce l'aveva un cellulare per farti chiamare?

Sí. Ma è scarico. È spento. Lui non l'hanno picchiato e neppure rapinato. Ed è per questo che non voglio coinvolgerlo troppo, mi capisce. Preferisco venga mia sorella. Me la sbrigo con lei. La denuncia e il resto.

I tuoi s'incazzeranno.

Già. Non ha idea quanto.

…

Vabbe', io vado allora. Grazie. Davvero. Ho sollevato una mano, e camminando all'indietro ho raggiunto la porta. Con la coda dell'occhio ho visto il padrone del bar che mi seguiva e mi scrutava da dietro la vetrina. Sono salito sul furgone dalla parte di Luca. Stava dormendo e mentre lo scavalcavo ha chiesto: Che succede?

Niente, tutto a posto, continua a dormire.

Ho sperato che i vetri sporchi impedissero all'uomo di capire che non c'era nessun amico con la patente; ho messo in moto e sono partito. Andando via l'ho visto riflesso nello specchietto retrovisivo, sulla porta del bar, seminascosto dall'enorme omino rosso danzante che continuava a gonfiarsi e a sgonfiarsi, sbracciandosi disperatamente, come per implorare gli aerei di passaggio di scendere a salvarlo.

Il parcheggio del centro commerciale era deserto. Due corvi s'inseguivano tra le stoppie dei campi oltre la strada. Dietro un gruppo di capannoni abbandonati c'era un bosco su cui il sole, a causa della foschia, stava sorgendo come una specie di livido. La quiete dell'alba mi ha fatto venire voglia di avere un cane da far correre dietro ai corvi. Mi sono accorto di avere sete. Ho guardato se nel furgone ci fossero delle bottiglie, ma non ce n'era neppure una, neppure una vecchia abbandonata sotto il sedile. Ho pensato che da qualche parte lungo il muro del centro commerciale avrebbe potuto esserci un rubinetto, un bocchettone dell'acqua per innaffiare o per pulire. Mi sono chiesto se quel giorno avrebbe aperto, anche se era domenica; molti centri commerciali sono aperti di domenica. Forse tra non molto sarebbe arrivato qualcuno. Sono sceso dal furgone per sgranchirmi le gambe e mi sono allontanato per pisciare e vedere se magari inciampavo in quel famoso rubinetto. Il centro commerciale sembrava un castello abbandonato. Ho percorso un lato intero fino ad arrivare a un parcheggio identico al nostro e a un secondo accesso dalla provinciale, con una rotonda al centro della quale c'era un'ancora gigantesca alta tipo una decina di metri, con una corda enorme che penzolava da un lato.

È da lí che sono sbucate all'improvviso. Da dietro una fila di alberi. Lungo una delle strade che confluivano nella rotonda. Senza lampeggianti. Silenziose. Come se l'asfalto lo stessero solo sfiorando. Due auto della polizia.

I corvi si sono alzati dai campi e hanno sorvolato un silo. Ho cominciato a correre. Il furgone, al centro di quell'enorme parcheggio vuoto, sembrava un modellino. Ho spalancato la portiera di Luca, urlato: Sveglia alzati dobbiamo nasconderci. Con la coda dell'occhio ho notato i fucili abbandonati sul sedile posteriore; ne ho afferrato uno e ho aiutato Luca a scendere. Ha detto: Ho sonno, infilando la mano sotto il casco da football americano e grattandosi la guancia. Lo ha detto senza piagnucolare – come fosse una constatazione. Per un attimo ho pensato di dare un fucile anche a lui, poi mi sono detto: No, meglio di no. Seguimi.

Luca ha ubbidito.

Le volanti sono apparse nella nostra porzione di parcheggio; ci hanno visto e hanno acceso le sirene. Lo abbiamo attraversato di corsa in direzione di uno dei capannoni. C'era una scala esterna. Ho dato la mano a Luca per evitare che scivolasse, ma con l'altra dovevo sia aggrapparmi al mancorrente sia tenere il fucile. Li ho sentiti inchiodare davanti al cancello. Non ho sentito gli agenti scendere e rovistare nel furgone, attivare l'impianto di amplificazione della volante, quello no; ma ho sentito il mio nome quando l'hanno urlato.

Ercole, hanno detto, Ercole vieni fuori, non fare sciocchezze. Dal tono si capiva che il poliziotto avrebbe voluto dire: Ercole, Ercole vieni fuori e non fare cazzate, ma non poteva o non voleva. Per cui ha ripetuto: Ercole, accidenti, lo sappiamo che sei lí. Posa il fucile e vieni fuori.

Io e Luca nel frattempo ci eravamo nascosti dietro a un bocchettone dell'aria. C'era odore di catrame e di ruggine.

Luca ha chiesto: Ci spareranno?

Non credo.

E tu gli sparerai?

Ho guardato il fucile. Non avrei mai avuto il coraggio di sparare a nessuno; ma loro non lo sapevano e in questo modo li avrei obbligati ad attendere l'arrivo di Asia.

Ercole, ha urlato il poliziotto, *cazzo*, mi hai sentito?

Ho gridato: Sí, ho sentito.

Bene. Allora adesso tu e... tu e Luca posate il fucile, scendete e vediamo di risolvere questa faccenda, va bene?

Ho gridato: Risolverla come?

Nel migliore dei modi.

E sarebbe?

Il poliziotto non ha risposto subito, ho immaginato si stesse consultando con qualcuno: I vostri genitori stanno arrivando, Ercole, saranno qui tra poco.

Quali?

Di nuovo una pausa di consultazione: Sono tutti insieme.

Ho pensato: Tutti insieme?

Tuo padre... Pietro Santià, e tua madre... anzi, no, *vostra* madre, Giulia, dico bene? Giulia Desio. E poi... Nicola – lo immaginavo leggere su un foglietto o su un taccuino – ecco, Nicola Voiello, il padre di Luca. Stanno arrivando. Sono tutti insieme, saranno qui tra poco, quindi perché...

Sta arrivando anche Asia, ho gridato. Noi aspettiamo lei. Vogliamo parlare con lei.

Luca ha fatto per sporgersi, ma da dove eravamo non si vedevano le macchine. Si è infilato un dito nel naso, sotto il casco. Un corvo si è posato sul cornicione e ci ha fissato come per chiedersi cosa accidenti ci facevamo lassú, ché lui non ci aveva mai visto nessuno. È passato qualche minuto. Ho temuto stessero combinando qualcosa, un agguato, o chessò io; che volessero prendere d'assalto il capannone. Forse non era vero che volevano discutere e risolvere la faccenda nel migliore dei modi. Forse volevano arrestarmi per omicidio. Forse il tipo del motorino era morto e io avrei passato il resto della mia vita in carcere. Poi il poliziotto ha parlato di nuovo con la voce metallica dell'amplificazione, ha detto: Hai ragione, sta arrivando anche tua sorella.

Luca ha cercato la mia mano e ha intrecciato le dita. Ho sete, ha detto. E ho anche fame.

Giochiamo a tris?

Dove?

Qui, nella polvere.

Inizia tu.

Ho disegnato la griglia con il dito, ho posizionato la *x* al centro. Luca ha fatto un cerchio. Io una *x*. Lui un cerchio. Io una *x*. Lui un cerchio. E ci siamo fermati lí perché a quel punto non poteva piú vincere nessuno. Abbiamo fatto altre due partite e sono finite entrambe pari.

Quando arriva Asia?

Ho detto: Il prima possibile.

Poi dove andiamo?

Non so. A casa sua.

E poi?

E poi c'inventeremo qualcosa.

Cosa?

Un modo per stare bene.

Luca ha detto: Io sto bene.

Davvero?

Sí.

Ieri sera non è stata una bella festa.

Luca ha scrollato le spalle.

Le feste di compleanno, ho detto, devono essere belle, o è meglio non farle.

Luca ha alzato lo sguardo verso di me, come per dire qualcosa, e quando si è bloccato ho pensato che fosse perché a sei anni è difficile trovare le parole per dire cosa ti passa per la testa – o capire cosa ti succede attorno, o riconoscere i pericoli, ché è per questo che esistono gli adulti – ma invece no: si era bloccato perché aveva visto una mongolfiera. Era rossa e gialla e si stava sollevando da un campo poco lontano. Il sole l'ha illuminata per un istante, poi si è rintanato di nuovo dietro la foschia.

Il motore di un'auto – la frenata, le portiere. La voce di mamma che dice: Dove sono?

Asia è arrivata poco dopo. A quel punto erano tutti lí sotto. Io e Luca siamo strisciati fino al bordo del cornicione per osservarli. L'ultima volta che li avevo visti uno accanto all'altro, mamma, papà e Asia, ero piú piccolo di Luca. Nicola era vicino a mamma, ma piú lontano di quanto lo fosse Asia, che se solo avesse mosso una mano le avrebbe sfiorato i jeans; e un passo dietro c'erano Giuseppe e un poliziotto con la barba che ho pensato fosse quello che ci aveva parlato fino a quel momento. Altri due, un uomo e una donna, erano appoggiati al cofano di una delle volanti.

Papà invece era accanto ad Asia. Me lo sarei aspettato con la sigaretta tra le labbra, le mani in tasca, distante dal gruppo quanto bastava per poter dire di esserci, ma mantenendo un atteggiamento di estraneità. E invece era un passo davanti a tutti, con le braccia lungo il corpo, leggermente aperte, come pronto a reagire a un evento che non sapeva quando né dove si sarebbe verificato. Mamma diceva di scendere, Nicola di scendere *immediatamente*, Giuseppe di ridargli il fucile che tanto era scarico. Luca mi ha guardato da dentro il casco. Io ho guardato il fucile. Me lo sono girato tra le mani; avrei voluto controllare, ma non sapevo come aprirlo.

Ho urlato: Non ci credo che è scarico.

Sarò mica cosí idiota da lasciare un fucile carico sul sedile del furgone, ti pare?

Papà ha detto: Anche scarico non doveva lasciarlo sul sedile del furgone, quindi è un idiota comunque.

Ehi, ha detto Giuseppe, non si permetta.

Altrimenti?

Giuseppe ha fatto per andare contro papà, ma il poliziotto con la barba si è messo in mezzo e li ha tenuti lontani. È cominciata una mezza baruffa, con Nicola che sosteneva Giuseppe e mamma che cercava di farli ragionare, ed è in mezzo a quel putiferio che Asia si è mossa, lasciandosi alle spalle il litigio e camminando svelta verso il capannone. Uno dei poliziotti ha urlato: Signorina, *ehi*, signorina... Ma l'altro gli ha fatto segno di lasciar stare. Asia ha raggiunto la scala su cui eravamo saliti, si è arrampicata ed è sbucata sul tetto con i pantaloni sporchi di grasso sulle ginocchia. Ci ha cercato con gli occhi e ci ha visti seduti in un angolo, dietro al bocchettone dell'aria, a gambe incrociate. Ha sollevato mezza mano per salutarci. Io ho fatto lo stesso. Luca, invece, si è tolto il casco; gli sembrava una roba, conoscere sua sorella con in testa un casco giallo da football, cosí se l'è tolto e si è passato le dita tra i capelli per arruffarseli.

Asia ci ha raggiunti e si è accucciata, ha detto: Ehilà.

Luca ha detto: Ciao.

Tu devi essere Luca.

Tu devi essere Asia.

È un piacere conoscerti.

Grazie.

Poi ha guardato me: Com'è?

Insomma...

Cos'è successo all'occhio?

Una testata.

Di chi?

Alla festa di Luca, ieri sera.

È per questo che siete scappati?

No. Cioè, sí, è *anche* per quello... ma è che si sono comportati male con lui.

Asia ha chiesto: È vero?
Luca ha fatto sí con il mento.
Qualcuno ti ha fatto male?
Lui ha detto: Ercole mi ha difeso.
Asia ha sorriso: È per quello che si chiama Ercole, lo sai?
...
Ho detto: Devi prenderlo tu.
Chi?
Luca. Devi prenderlo a vivere con te, non può stare in quella casa.
Prenderlo a vivere con me? Ercole, ma ti sembra?
Sí. È l'unica soluzione. Lo prendi tu, ma se non hai spazio può stare da me e papà.
Ercole, non è possibile. Lui ha mamma. *Nostra* mamma. *Sua* mamma.
Mamma non sta bene. Non è in grado di occuparsi di lui.
Lo ha fatto per sei anni.
Ma adesso è tornato Nicola e... Mi sono voltato verso Luca e ho detto: Diglielo anche tu. Tuo papà non è cattivo. I genitori non sono cattivi, noi ne sappiamo qualcosa. È che alle volte, niente, proprio non ce la fanno. E se i genitori non ce la fanno ci sono i fratelli. Noi possiamo farcela. È vero che possiamo farcela, Asia?
Non è cosí semplice...
Ma è necessario provarci. È l'unica speranza che abbiamo.
Ercole, smettila – Asia ha alzato la voce. Cosa pensi che dirà mamma? Non me n'ero accorta, Luca non può vivere con me, non sono in grado, prendetelo voi? Pensi dirà una cosa del genere? E al padre ci hai pensato? Cosa vuoi fare? Denunciarli per quello che è successo ieri sera? Prima eri entusiasta della vita a Erta e adesso è un inferno?

Ho detto: Prima era diverso.

Luca ha disegnato nella polvere una griglia per giocare a tris.

Asia ha detto: E poi non voglio fare questi discorsi davanti a Luca.

Certo, ho sbuffato, mentigli. Mentigli come hai fatto con me.

Non ti ho *mai* mentito.

Mi hai nascosto dei fatti.

Erano cose che non avresti saputo gestire.

Erano la verità.

La verità, allora, è che avremmo dovuto chiedere aiuto a qualcun altro.

...

Asia ha raccolto da terra un pezzetto di filo metallico, ha usato la punta per tracciare una *x* nella griglia di Luca. Ha detto: La verità, Ercole, è che siamo già stati fortunati a riuscire a occuparci di noi. Cosa che non avremmo dovuto fare, perché aveva piú senso chiedere aiuto. È andata. In qualche modo ne siamo usciti. Ma Luca? Luca ha bisogno di persone che si occupino di lui come si deve, e non possiamo essere né io né tu.

Il solito corvo ci è passato davanti, planando, e si è fermato sulla punta del bocchettone dell'aria. Ho alzato il fucile e ho mirato, come per colpirlo. Un fremito, partito da qualche parte tra i polmoni e lo stomaco è salito su per la gola, fino alle guance. Ho detto: È tutto cosí faticoso. Mi sono appoggiato il fucile in grembo. Ho guardato Asia: Sarà sempre cosí faticoso?

È probabile.

Già.

Ma saremo sempre piú forti. Sempre piú capaci di scegliere.

Luca ha disegnato un cerchio nella griglia, ha detto: Tocca a te. Asia ha fatto una *x*. Luca un cerchio. Asia una *x*. Luca un cerchio. Asia un'ultima *x*, ma nella casella sbagliata, cosí Luca ha chiuso la fila con un terzo cerchio e ha detto: Ho vinto.

Asia gli ha fatto l'occhiolino: Hai vinto.

Ho sete, ha detto Luca. Andiamo a bere?

Asia ha detto: Ci meritiamo una bella colazione.

Luca ha sorriso e detto che sí, ce la meritavamo proprio una bella colazione.

Ho chiesto: Sai se si è fatto male quello del motorino?

Asia ha chiesto di chi stavo parlando.

Ieri sera. Ho superato un tipo in motorino, ed è caduto.

Non ne so niente.

Andrò in prigione? Intendo... se si è fatto male. E poi ho rubato il furgone e...

Vedremo. Qualunque cosa capiterà, la affronteremo. Poi rivolta a Luca: Colazione?

Ci siamo alzati. Il corvo è volato via dal bocchettone ed è andato a posarsi al centro esatto del tetto, cercando qualcosa col becco, qualcosa che il vento aveva fatto volare lassú. Tenendo il fucile basso, come avevo visto fare in qualche film western, l'ho puntato verso il corvo e ho premuto il grilletto – stavo per fare *bum!* con la bocca quando il fucile ha sparato davvero. Ha esploso un colpo. Improvviso. Fortissimo. Il corvo è volato via. Il rimbombo dello sparo si è arrotolato nell'aria della campagna, moltiplicandosi e disfacendosi. Il rinculo del fucile mi ha strattonato il braccio. L'ho lasciato cadere a terra come mi fossi accorto di maneggiare un serpente. Asia ha urlato. Luca ha urlato. Hanno urlato persino nel parcheggio e si sono messi tutti a correre. Forse per salvarci. O forse per proteggersi. O non lo so.

# Otto

Vi prego,
trattate la mia anima con attenzione.

HUGO VON HOFMANNSTHAL

Insomma, alla fine un colpo in canna c'era ancora, nel fucile. E credo che Giuseppe si sia preso una denuncia e che gli abbiano tolto il permesso di caccia. O forse gliel'hanno sospeso. Non me ne sono interessato granché; in fondo nessuno si era fatto male e questa era la cosa importante. Neppure quello del motorino si era fatto male. Non *troppo*, per lo meno. Qualche livido, delle ammaccature alla carena, fanale e specchietto distrutti; niente di irreparabile. Non sono andato in prigione, ma ho passato dei guai, ho dovuto risarcirlo ovviamente, e mi hanno affidato a un centro diurno dove per tre anni mi sono presentato ogni pomeriggio, nessuno escluso, e dove degli educatori mi aiutavano a studiare e una volta al mese facevano il tagliando alla mia vita, per assicurarsi che non si stesse rompendo niente.

Asia, ricordo, quando siamo andati a parlare con il giudice, aveva insistito perché dicessi tutto, onestamente, e io ho detto tutto, onestamente, e ho parlato per ore come non avevo mai fatto. Ho detto ogni cosa: su di me, su Asia, su papà, su mamma, sulla vedova, sui nonni, sugli adulti in generale, sui mostri nei muri e sulle persone di buon cuore; e il giudice mi ha lasciato finire, non mi ha interrotto nemmeno una volta.

Avendo raccontato in che modo mi ero procurato il naso gonfio e il livido sotto l'occhio la polizia e i servizi sociali hanno fatto degli accertamenti su mamma e Nicola, che però non hanno portato a nulla. Venti giorni dopo, Nicola è andato via. Ha accusato mamma di avere una famiglia di sciroccati e l'ha pure cacciata da Erta, dicendo che avrebbe messo in vendita la casa. E lo ha fatto davvero. Ci sono tornato il mese scorso dopo un sacco di tempo. La casa è in vendita. Ma il cartello «Vendesi» è marcio come fosse lí da sempre, una parte del fienile è crollata e ovunque ci sono foglie, rami e lattine di birra di ragazzi che sono andati a fare festa. Non credo la comprerà mai nessuno. Chissà. Magari un giorno la compro io.

Quando Nicola li ha cacciati di casa, mamma e Luca non sapevano dove andare e io ho convinto papà a ospitarli. Dopo tutti quegli anni, avere mio padre e mia madre in casa *insieme* è stato strano – molto strano. E infatti non è durata. Ormai era passato troppo tempo, credo; come quando ti rompi una gamba e te la curano male e le ossa si risaldano storte. Però grazie all'aiuto di Viola sono riuscito a trovare un appartamento piccolo tutto per loro, in Barriera di Milano, in un palazzo abitato soprattutto da peruviani con cui mamma ha fatto amicizia e che quando serve le guardano Luca.

Io e Viola siamo ancora fidanzati. Ci siamo messi insieme a quindici anni e adesso che ne abbiamo diciannove andiamo ancora in bicicletta, prepariamo la cioccolata e saltiamo sugli autobus per vedere dove portano. Dopo il diploma Viola si è iscritta a Medicina, mentre io non sapevo cosa fare e ho pensato di dedicare un periodo a decidere della mia vita. Cosí ho chiesto alla nonna fioraia se nel frattempo mentre decidevo aveva bisogno di aiuto e lei, che aveva avuto qualche acciacco ed era in dubbio se tenere l'attività o se cederla, ha accettato. Oggi lavoro quattro giorni a settimana in quel chiosco che quattro anni fa avevo visto dal finestrino di un autobus, il traffico che premeva e al semaforo un ragazzo vestito di nero che giocolava con le torce e sputava fuoco dalla bocca.

Viola mi ha persino convinto a fare canottaggio. Aveva ragione quando diceva che starsene in mezzo al Po con Torino attorno, colline e palazzi, è come essere cullati dal pianeta, ma questo non toglie un grammo alla fatica *bestiale* del vogare. Insomma – è faticoso, ma mi piace. Ieri, per esempio, siamo usciti io e lei da soli, di mattina. Sul fiume c'era una nebbia soffice che ti sembrava di poterla ingoiare; il Monte dei Cappuccini quasi non si vedeva e i lampioni gialli sul piazzale erano ancora accesi. Vogavamo in silenzio. A Viola non piace parlare mentre voga e io comunque non avrei il fiato per farlo. Andavamo in direzione di Moncalieri, per cui lo sguardo era a Torino che si allontanava, mentre noi, controcorrente, entravamo ogni vogata un po' piú dentro la nebbia. Sapevo di avere Viola alle spalle, le sentivo il fiato e intravedevo gli spruzzi del remo nell'acqua. E sapevo che non mi sarei dovuto voltare a cercarla. Procedevamo allo stesso ritmo, negli occhi la partenza, che quella la si conosce sempre, e nel respiro una quieta fiducia, come quella di certe anime scalze mentre risalgono i fiumi in cerca della sorgente.

*Nota al testo.*

La citazione di David Foster Wallace è tratta dal racconto *Per sempre lassú*, in *Brevi interviste con uomini schifosi*, trad. di O. Fatica e G. Granato, Einaudi, Torino 2016; quella di Neil Gaiman da *I lupi nei muri*, trad. di M. Bonetti, Mondadori, Milano 2003; quella di Obi-Wan Kenobi dall'episodio IV di *Guerre stellari*; quella di Tobias Wolff dal racconto *Una pallottola nel cervello*, in *Proprio quella notte*, trad. di L. Noulian, Einaudi, Torino 2001; quella di Marracash e Gué Pequeno dalla canzone *Nulla accade* (B. F. Rizzo/C. Fini/A. Pulga); quella di Dylan Thomas da *Il mio Natale in Galles*, in *Racconti di Natale*, a cura di F. Massimi, Einaudi, Torino 2011.

La citazione di Fred Uhlman è tratta da *L'amico ritrovato*, trad. di M. Castagnone, Feltrinelli, Milano 2013.

«Ogni volta che facciamo qualcosa con cura distruggiamo il male che è in noi» non è una frase originale dell'impagliatore, ma è attribuita a Simone Weil.

«Non crediate che il destino sia poi tanto di piú di quel condensato che è l'infanzia» è un verso di Rainer Maria Rilke tratto dalle *Elegie duinesi,* trad. di J. Leskien e M. Ranchetti, Feltrinelli, Milano 2006.

Le prime righe della biografia di Mike Brodie in apertura del suo libro fotografico *A Period of Juvenile Prosperity* (Twin Palms Publishers 2013), quelle in cui dice:

«My mom said I looked like Charlie Brown. I never saw the Grand Canyon or the Petrified Forest. My grandma was a truck driver and my grandpa liked race cars; his favorite driver was Richard Petty. My grandma died of cancer; she let me pull some of her hair out. My grandpa touched my penis; I never saw him again».

Ecco, queste righe sono quelle che alcuni anni fa hanno seminato questa storia, o piú che altro la sua melodia, nella mia testa, e le potete ritrovare nella presentazione di Ercole – all'inizio del secondo capitolo. Altra cosa che Brodie racconta, a proposito della sua infanzia, è che il padre gli avrebbe regalato per il compleanno una bicicletta rubata. Per il resto, i personaggi e gli eventi narrati in questo libro sono di pura fantasia e non fanno riferimento a fatti e persone reali.

*Indice*

*Questo libro è stampato su carta certificata FSC®
e con fibre provenienti da altre fonti controllate.*

FSC
www.fsc.org
MISTO
Carta da fonti gestite
in maniera responsabile
FSC® C115118

*Stampato per conto della Casa editrice Einaudi
presso ELCOGRAF S.p.A. - Stabilimento di Cles (Tn)*

C.L. 22924

| Edizione | Anno |
| --- | --- |
| 6 7 8 9 10 11 12 | 2017 2018 2019 2020 |